방드르디, 야생의 삶

VENDREDI OU LA VIE SAUVAGE

by Michel Tournier

방드르디,
야생의 삶

Vendredi ou la vie sauvage
미셸 투르니에 지음 | 고봉만 옮김

문학과지성사
2014

방드르디, 야생의 삶

제1판 제 1쇄   2014년 7월 17일
제1판 제14쇄   2024년 1월 26일

지은이   미셸 투르니에
옮긴이   고봉만
펴낸이   이광호
펴낸곳   ㈜**문학과지성사**
등록번호   제1993-000098호
주소   04034 서울 마포구 잔다리로7길 18(서교동 377-20)
전화   02) 338-7224
팩스   02) 323-4180(편집)   02) 338-7221(영업)
전자우편   moonji@moonji.com
홈페이지   www.moonji.com

ISBN 978-89-320-2635-0 43860

로랑에게

차례

1

1759년 9월 29일 늦은 오후, 칠레 해안으로부터 약 600킬로미터 떨어진 바다에 위치한 후안페르난데스 제도諸島 일대의 하늘이 갑자기 컴컴해지기 시작했다. '버지니아호'의 선원들은 배의 돛대와 활대 끝에서 일고 있는 작은 불꽃들을 구경하기 위해 갑판으로 모여들었다. 그것은 대기 중에서 생성되는 전기 때문에 발생하는 돛대 꼭대기의 불빛으로, 앞으로 일어날 대단한 위력의 폭풍을 예고하고 있었다. 다행히 로빈슨이 타고 있는 '버지니아호'는 아무리 사나운 폭풍우가 몰아친다 해도 두려울 게 전혀 없었다. 이 배는 선체가 둥그스름한 전형적인 네덜란드 연안 운송선으로, 돛대가 나지막하고 배 자체가 육중하여 속도를 낼 수는 없지만 어떤 날씨에도 끄떡없을 만큼 안전했다. 저녁에 한줄기 세

찬 바람이 돛 하나를 풍선처럼 터뜨리는 것을 본 반 데셀 선
장은 선원들에게 다른 돛들을 접고 전부 선실로 들어가 바
람이 멈추기를 기다리라고 명령했다. 단 하나 걱정거리라면
암초나 모래톱인데, 다행히도 지도상에는 그런 표시가 전혀
없었다. 그리하여 '버지니아호'는 폭풍우 속에서도 큰 탈 없
이 몇백 킬로미터는 족히 항해할 수 있을 것 같았다.

　선장과 로빈슨은 밖에서 사나운 폭풍 소리가 계속되는
와중에도 조용히 카드놀이를 즐기고 있었다. 때는 18세기
중엽으로 많은 유럽인들, 특히 영국인들이 일확천금을 꿈꾸
며 아메리카 대륙으로 이주하던 시기였다. 로빈슨도 아내와
두 어린아이를 요크에 남겨두고 남아메리카 탐험에 나선
참이었다. 그는 영국과 칠레를 오가며 돈벌이가 될 만한 무
역을 해볼 계획이었다. 몇 주 전, '버지니아호'는 그 악명 높
은 혼 곶*을 무사히 통과하여 아메리카 대륙을 돌아왔고,
지금은 목적지인 발파라이소**를 향해 거슬러 올라가고 있
는 중이었다.

　"폭풍우가 이렇게 심하면 칠레에 도착하는 시간이 늦어지

---

* 혼 곶Cabo de Hornos: 칠레 남부 마가야네스 주 티에라델푸에고 제도의 오르
노스 섬의 가파른 바위 갑岬.
** 발파라이소Valparaiso: 칠레의 수도 산티아고 북서쪽으로 120킬로미터 떨어
져 있는 항구 도시.

지 않을까요?" 로빈슨은 카드를 섞으면서 선장에게 물었다.

선장은 자신이 가장 좋아하는 노간주나무 과실주가 담긴 잔을 만지작거리면서 약간 빈정대는 태도로 로빈슨을 바라보았다. 그는 로빈슨보다 경험이 훨씬 풍부했기 때문에 이렇게 종종 젊은이들의 초조함을 은근히 비웃곤 했다.

"젊은 양반, 지금 당신이 하고 있는 것과 같은 여행은 말이오." 선장은 파이프에서 담배 연기를 한 모금 내뿜은 다음에 말을 이었다. "출발은 사람 마음대로 할 수 있지만, 도착은 신만이 알고 있을 뿐이라오."

그러고는 담배를 보관하는 자그마한 나무통의 뚜껑을 열고 그 안에 기다란 도자기 파이프를 밀어 넣었다.

"이렇게 하면 담뱃대가 충격을 받지 않게 되고 담배의 꿀 같은 냄새가 이 속에 푹 배어들게 된다오" 하고 그는 설명했다. 선장은 담배통을 다시 닫고 느긋하게 몸을 뒤로 젖혔다.

"폭풍우는 당신을 모든 근심으로부터 해방시켜줄 것이오. 이처럼 자연이 미쳐 날뛰면 할 수 있는 일이라곤 아무것도 없소. 그저 운명에 맡기는 수밖에."

바로 그때 선실을 밝히던 현등이 갑자기 반원을 그리면서 격렬하게 흔들리더니 천장에 부딪혀 깨졌고, 선장은 머리를 탁자 위로 한 채 꼬꾸라졌다. 그 순간 칠흑 같은 어둠이 선실을 덮쳤다. 로빈슨은 몸을 일으켜 문 쪽으로 나아갔다. 거센 바람이 몰아쳐 들어오는 걸로 보아 문 같은 건 이미 떨어져 나갔음을 알 수 있었다. 더더욱 끔찍한 것은 며칠 전부터 계속되던 선체의 키질과 옆질이 멈추고 이제는 배가 더 이상 꼼짝도 하지 않는다는 것이었다. 배가 암초나 모래톱에 걸린 것이 틀림없었다. 보름달이 구름에 가려 희미한 가운데 로빈슨은 갑판 위에서 한 무리의 선원들이 구명보트를 물에 띄우기 위해 안간힘을 쓰는 모습을 볼 수 있었다. 로빈슨이 그들을 돕기 위해 발을 떼려는 순간, 엄청난 충격이 선체를 뒤흔들었다. 잇달아 거대한 파도가 갑판을 덮치면서 거기에 있던 모든 것을 송두리째 휩쓸고 사람과 물건들을 단번에 모두 앗아가 버렸다.

2

의식을 되찾았을 때 로빈슨은 얼굴을 모래에 파묻은 채 축 늘어져 엎드려 있었다. 한줄기 파도가 밀려와 그의 두 발을 핥았다. 그는 몸을 돌려 누웠다. 검고 흰 갈매기들이 폭풍이 지나고 다시금 파래진 하늘을 빙빙 돌며 날고 있었다. 로빈슨이 일어나 앉으려고 힘을 쓰자 이내 왼쪽 어깨에 심한 통증이 느껴졌다. 해변에는 파도가 던져놓고 간 죽은 물고기와 깨진 조개, 검은 해초 더미가 잔뜩 널려 있었다. 서쪽으로는 바위 절벽이 바다 쪽으로 뻗어 나가다가 암초들과 이어져 있었다. 바로 거기에 돛대가 부서지고 바람에 밧줄이 흔들리는 '버지니아호'의 형체가 보였다.

로빈슨은 자리에서 일어나 몇 걸음 옮겼다. 다친 곳은 없었지만 커다랗게 멍이 든 어깨가 계속 쑤셨다. 햇볕이 따갑

게 내리쬐기 시작하자 그는 해변에 잔뜩 돋아나 있는 넓은 나뭇잎을 둥글게 말아서 챙 없는 모자를 만들어 썼다. 그러고 나서 그는 나뭇가지 하나를 꺾어 지팡이 삼아 숲 속으로 들어갔다.

쓰러진 나무둥치들이 높이 뻗은 가지에 매달린 잡목과 칡들로 이만저만 뒤엉킨 것이 아니어서 로빈슨은 종종 네발로 기어서 나아가야 했다. 깊은 침묵만 감돌 뿐 짐승들마저 살지 않는 것 같았다. 그런데 문득 그의 눈앞 약 백 보 지점에 털이 몹시 긴, 야생 숫염소처럼 보이는 형체 하나가 나타나는 것을 보고 깜짝 놀랐다. 그놈은 꼼짝하지 않은 채 머리를 높이 쳐들고 그를 노려보고 있는 듯했다. 로빈슨은 너무 가볍게 느껴지는 지팡이를 버리고 몽둥이로 쓸 만한 나무뿌리 하나를 주웠다. 그가 염소에게 다가가자 녀석은 머리를 숙이고 육중한 소리로 으르렁거렸다. 금방이라도 녀석이 그에게로 돌진해올 것 같았다. 그는 몽둥이를 쳐들고 있는 힘껏 숫염소의 두 뿔 사이를 후려갈겼다. 짐승은 두 무릎을 꿇으며 옆으로 쓰러졌다.

꽤 오랫동안 힘들게 길을 걸어 그는 아무렇게나 쌓인 거대한 바위 더미 아래에 이르렀다. 거기서 그는 어마어마한 삼나무로 가려진 동굴 입구를 발견했다. 그러나 하루 만에 동굴 안을 다 살피기에는 동굴이 너무 깊어서, 그는 동굴 속으로 들어섰다가 다시 나왔다. 대신에 그는 주위를 한눈에 바라볼 수 있는 바위 위에 오르기로 했다. 가장 높이 솟은 바위 꼭대기에 올라서자 그가 와 있는 곳은 사방이 바다이고 사람의 자취라고는 찾아볼 수도 없는, 결국 무인도라는 것을 알게 되었다. 그제야 그는 자신이 방금 막 때려죽인 숫염소가 왜 그리도 꼼짝도 하지 않은 채 버티고 있었는지 이해가 되었다. 한 번도 사람을 본 적이 없는 야생동물이기에 사람이 가까이 가도 도망치지 않고 오히려 호기심을 가지고 그를 관찰했던 것이다.

로빈슨은 슬픔과 피로로 기진맥진했다. 그는 커다란 바위 아래를 이리저리 헤매고 다니다가 야생 파인애플 하나를 발견하고 주머니칼로 토막 내어 끼니를 때웠다. 그러고 나서 그는 어느 바위 밑으로 기어 들어가 잠 속으로 빠져들었다.

3

희미한 빛이 도는 새벽에 깨어난 로빈슨은 전날 갔던 바닷가 쪽으로 다시 내려가기 시작했다. 그는 바위에서 바위로, 나무둥치에서 나무둥치로, 비탈에서 비탈로, 그루터기에서 그루터기로 깡충깡충 뛰면서 쾌감 비슷한 것을 느꼈다. 하룻밤 푹 잔 덕분에 몸이 가뿐하고 상쾌했다. 사실 그가 놓인 상황은 그다지 절망적인 것은 아니었다. 물론 이 섬이 겉으로 보기에는 아무도 살지 않는 것이 분명하지만, 만약 식인종으로 가득한 섬이었다면 어쩔 뻔했을까? 섬의 북쪽은 아름다운 해변이고, 동쪽은 물기가 아주 많은, 아마도 늪지대임이 분명한 초원이며, 서쪽은 울창한 숲으로 뒤덮여 있고, 섬 중앙에는 신비한 동굴과 수평선을 한눈에 바라볼 수 있는 멋진 전망대와 같은 거대 바위가 있어 상당히 쾌적해 보였다. 전날 오른 오솔길 한가운데서 때려죽인 숫염소의 사체를 발견할 때까지, 그는 그런 생각에 잠겨 있었다. 벌써 구부러진 부리와 목에 털이 없는 대여섯 마리의 독수리들이 사체를 차지하려고 다투고 있었다. 로빈슨은 머리 위로 막대기를 휘두르며 녀석들을 쫓았다. 이 거대한 새들은 구부러진 발을 딛고 둔하게 뛰면서 한 마리 한 마리씩 차례차례 날아올랐다. 로빈슨은 숫염소의 남은 사체를 어깨에 메고 전보다 느린 걸음으로 해변을 향해 계속 걸어갔다. 해변에 이르자 로빈슨은 주머니칼로 숫염소의 한쪽 부분을 떼어낸 다음, 나무로 불을 피우고 막대기 세 개를 한곳에 묶어세운 뒤 거기에 고기를 매달아 구웠다. 노린내 나는 질긴 고기를 씹어 먹는 것보다 불꽃을 튀기면서 피어오르는 불이 훨씬 마음에 위로를 주었다. 로빈슨은 부싯돌을 아끼고 혹여 섬 근처의 바다를 지나갈지도 모르는 선원들의 주의나 관심을 끌기 위해 불을 항상 살려두기로 했다. 사실 지나가는 배의 선원들에게 암초 더미 위에 난파되어 서 있는 '버지니아호'만큼 관심을 끄는 것도 없을 것이다. 그 배를 빼앗고자 하는 사람들에게는 두둑한 전리품을 얻을지 모른다는 희망을 줄 수도 있었기 때문이다.

로빈슨은 '버지니아호'의 화물 창고에 실린 각종 무기와 연장 그리고 식량이 떠올랐다. 또다시 폭풍이 일어나서 모조리 쓸어버리기 전에 그것들을 꺼내놓아야 할 것 같았다. 하지만 머지않아 그를 찾으러 배가 오리라는 기대 때문에 그리 서두를 필요는 없다고 생각했다. 그래서 그는 해변과 절벽 위를 오가며 자기가 거기에 있다는 신호를 보내는 데 필요한 모든 노력을 바쳤다. 모래사장에 항상 살려둔 불 옆에는 수평선 위로 돛배 한 척이 나타나기만 하면 즉각 연기를 피워 올릴 수 있도록 나뭇가지들과 표류물 더미를 잔뜩 쌓아놓았다. 그러다가 그는 모래 속에 박혀 있는 돛대에 생각이 미쳤다. 돛대 끝에는 장대가 하나 놓여 있었고, 장대의 다른 쪽 끝은 땅에 닿아 있었다. 급히 신호를 보내야 할 때 그 끝에 불붙은 장작을 매달고 칡덩굴을 이용하여 한쪽 끝을 잡아당기면, 불을 하늘 높이 쏘아 올릴 수도 있을 거라 생각했다. 나중에 그는 더 좋은 방법을 생각해냈다. 절벽 위에 커다랗게 우뚝 서 있는, 속이 빈 죽은 유칼리나무의 둥치 하나를 발견한 것이다. 그는 그 안에 자잘한 나뭇가지와 불쏘시개를 가득 채워 넣으면서, 그 나무를 짧은 시간 안에 반경 수 킬로미터 떨어진 곳에서도 눈에 띌 만한 거대 횃불로 변하게 할 수 있으리라고 생각했다.

로빈슨은 조개, 고사리 뿌리, 코코넛, 수분이 많은 야생 열매, 새알이나 거북 알 등 손에 들어오는 것이면 아무거나 닥치는 대로 먹었다. 사흘째 되던 날 그는 썩은 냄새가 나기 시작하는 숫염소 뼈다귀들을 멀리 던져버렸다. 그러나 곧 자신의 행동을 후회했다. 왜냐하면 고기 맛을 본 독수리떼가 그때부터 또 다른 횡재를 기대하며 그를 줄곧 따라다니고 감시했기 때문이다. 그가 때때로 치미는 화를 참지 못하고 돌이나 나뭇가지를 집어던지면, 그 음침한 새들은 나른하게 몸을 비켜 피했다가 이내 되돌아오곤 했다.

4

마침내 로빈슨은 텅 빈 수평선을 바라보며 누군가를 기다리는 데 진력이 났다. 그는 칠레 해안에까지 가 닿을 수 있을 만큼 큰 배를 만들기로 결심했다. 그러기 위해서는 연장이 필요했다. 그는 썩 내키지는 않았지만 '버지니아호'의 잔해 속으로 들어가서 쓸 만한 도구와 재료를 모두 가져오기로 했다. 로빈슨은 열두어 개의 통나무를 칡덩굴로 묶어서 조잡하긴 해도 파도가 일지 않는다면 그런대로 쓸 수 있는 통나무 뗏목을 만들었다. 튼튼한 장대 하나로 뗏목을 밀 수 있었다. 썰물일 때는 바위들이 처음 나타나는 곳까지 바다의 깊이가 비교적 얕아서, 그곳에서는 바위에 의지할 수 있었다. 그는 '버지니아호'를 두 바퀴 돌아보았다. 겉보기에 선체는 부서진 데 없이 멀쩡해 보였다. 틀림없이 물 밑에 가려진 암초 위에 걸려 있을 것이다. 만약 선원 모두가 큰 파도가 휘몰아치는 갑판 위로 올라오는 대신 안전한 중갑판 속에 들어가 앉았더라면, 어쩌면 모두 생명을 구했을지도 모른다. 갑판 위는 부러진 돛이며 돛 위에 가로 댄 나무들과 밧줄들이 끊어져 뒤엉켜서 발 디딜 틈을 찾기도 어려울 지경이었다. 화물창도 마찬가지로 난장판이었지만, 적어도 거기엔 물이 새어들진 않았다. 로빈슨은 상자들 속에서 비스킷과 말린 고기를 발견하고 물 없이 먹을 수 있을 만큼 실컷 먹었다. 물론 그곳에는 포도주와 다른 여러 술병들이 있었지만 로빈슨은 술을 먹지 않기로 마음먹었기에 한 방울도 맛보지 않았고, 계속해서 그 결심을 지켜나가기로 했다. 그날 가장 놀라운 일은 선창 뒷부분에서 꺼먼 화약 가루를 담은 사십 통의 상자를 발견한 것이었다. 아마도 선장은 로빈슨이 불안해할까 봐 그것에 대해 한마디도 언급하지 않았을 것이다.

이 폭발물들을 뗏목에 실어서 땅 위로 옮기는 데 꼬박 여러 날이 걸렸다. 밀물 때는 장대로 뗏목을 조종할 수 없어서 반나절 동안은 썰물이 되기를 기다려야 했기 때문이다. 물때를 이용하여 그는 짐들을 햇빛과 비로부터 안전한 곳에 쌓아놓고 종려나무 잎사귀로 덮은 다음, 돌로 고정시켰다. 그는 또한 난파선에서 비스킷 두 상자, 망원경 하나, 부싯돌

이 달린 두 자루의 구식 소총, 총선이 두 개 달린 권총 한 자루, 도끼 두 자루, 삽 한 자루, 곡괭이 하나, 망치 하나, 대마 봇짐 하나 그리고 싸구려지만 혹 어떤 원주민을 만날 경우 물물교환을 할 수 있을지도 모르는, 체로 사용될 만한 널찍한 붉은색 천 등을 가져갔다. 그는 선장실에서 마개를 잘 닫아둔 문제의 담배통과 그 안에 들어 있는 길쭉한 도자기 파이프—그토록 약한데도 전혀 손상되지 않은—를 다시 찾아냈다. 그는 또한 갑판과 배의 칸막이벽에서 상당히 많은 판자를 뜯어내어 뗏목에 실었다. 끝으로 그는 부선장실에서 꽤 쓸 만한 상태의 성경 한 권을 발견하고, 이를 잘 보전하기 위해 돛 조각으로 싸 가지고 왔다.

그 이튿날부터 로빈슨은 곧바로 배 한 척을 만들기 시작했고 미리 '탈출호'라고 이름을 붙여두었다.

5

로빈슨은 바닥이 완전히 편편한 숲 속의 빈터 풀밭에 미래의 배에 선체로 쓸 만한 매끈하고 튼튼하며 잘 마른 도금양나무 둥치를 가져다 놓았다. 그는 즉시 일을 시작했다. 일을 하는 동안에도 작업장에서 바라다보이는 수평선을 지켜보는 일을 게을리하지 않았다. 그는 여전히 구조선이 나타날지도 모른다는 기대를 품고 있었다. 그는 도금양나무 둥치의 가지들을 쳐낸 다음, 도끼로 사각의 대들보 모양이 되도록 만들었다. '버지니아호'를 샅샅이 뒤졌지만 못 하나, 크랭크축 하나, 톱조차도 찾아낼 수 없었다. 그는 천천히, 정성스럽게 퍼즐 조각을 맞추듯이 배의 각 부분들을 끼워 맞췄다. 바닷물을 부어 나무를 부풀게 하면 선체가 더욱 견고해지고 물이 새어들지 않을 것 같았다. 한 걸음 더 나아가 각 부품의 끝을 불에 그슬려 단단하게 한 다음, 그것들을 끼운 후 물을 뿌리면 속에서 더욱 야무지게 닳아 붙을 것이라는 생각도 해냈다. 불에 그슬리거나 물에 적셔지면서 나무는 수없이 갈라져버리곤 했지만, 그는 피로나 초조를 느끼는 기색 없이 다시 일을 시작하곤 했다.

작업 중에 가장 고생스러웠던 점은 톱 없이 나무를 자르는 일이었다. 단번에 둘러맞춰 배를 만들어낼 수는 없는 노릇이었지만, 만약에 이 연장만 있었다면 도끼와 손칼을 써서 하는 여러 달에 걸친 작업의 수고를 덜 수 있었을 것이다. 어느 날 아침 톱질하는 것 같은 어떤 소리를 들으면서 잠에서 깼을 때, 그는 혹시 자기가 꿈을 꾸고 있는 것은 아닐까 생각했다. 그 소리는 톱질하는 사람이 나무를 바꿔 하기라도 하듯이 때때로 중단되었다가 다시 단조롭고 규칙적으로 나곤 했다. 로빈슨은 잠자리로 삼고 있는 바위 구멍에서 몸을 천천히 빼내어 소리가 들리는 쪽으로 살금살금 다가갔다. 처음에는 아무것도 보이지 않았지만, 마침내 종려나무 아래에서 엄청나게 큰 게 한 마리가 다리 사이에 코코넛을 끼고서 집게로 톱질을 하고 있는 것을 발견했다. 높이가 6미터는 되어 보이는 나뭇가지들 사이에서 또 한 마리의 게가 코코넛을 떨어뜨리기 위해 꼭지를 자르고 있었다. 이 두 마리의 게는 로빈슨이 나타난 것 따위에는 전혀 아랑곳

하지 않은 채 한가하게 그 요란스러운 작업을 계속했다.

선체의 벽에 바를 니스는 물론이고 타르조차 구할 수 없어 로빈슨은 갖풀을 만들기로 했다. 이를 위해 작업을 시작할 때부터 눈여겨보아 둔, 작은 규모의 호랑가시나무 숲을 거의 통째로 베어야만 했다. 사십오 일 동안 그는 나무들의 겉껍질을 벗겨내고 속껍질을 가는 끈 모양으로 잘게 끊어냈다. 그런 다음 속껍질 모두를 한 솥에 넣고 오랫동안 끓였다. 그러자 그것이 차차 뻑뻑하고 끈적끈적한 액체로 변했다. 그는 아직 뜨거운 내용물을 선체의 벽에 발랐다.

'탈출호'는 완성되었다. 로빈슨은 배에 탈 때 함께 실을 식량들을 한데 모으기 시작했다. 그러나 곧 새로 만든 배가 물 위에 잘 뜨는지 시험해보려면, 먼저 배를 물에 띄워보는 것이 좋겠다는 생각이 들어서 짐 싣는 일은 포기했다. 사실 그는 자신의 미래를 결정짓게 될 그 실험을 몹시 두려워하고 있었다. '탈출호'가 가라앉지 않고 잘 갈 수 있을까? 방수는 잘되었을까? 처음 만나는 파도에 뒤집히지는 않을까? 그는 극도의 공포에 사로잡혀 배가 물에 닿자마자 수직으로 가라앉고 자신은 물속에 얼굴을 처박은 채 점점 더 침몰해서 푸른 심연 속으로 가라앉는 악몽을 꾸곤 했다.

마침내 그는 '탈출호'를 바다에 띄워보기로 결정했다. 그러나 그는 500킬로그램은 족히 나갈 그 선체를 풀밭과 모래 위에서 끌어내려 바닷물까지 가져가는 것이 불가능함을 깨달았다. 사실 그는 해안까지 배를 끌고 가는 문제에 대해서는 까맣게 잊고 있었던 것이다. 그것은 부분적으론 성경—특히 노아의 방주에 관한 부분—을 너무 많이 읽은 탓이었다. 바다에서 멀리 떨어진 곳에서 건조된 노아의 방주는 비가 많이 내리거나 산꼭대기에서 쏟아져 내린 물이 그쪽으로 흘러오기만을 기다리면 되었던 것이다. 로빈슨은 해변에서 '탈출호'를 만들지 않음으로써 어처구니없는 실수를 저지른 것이다.

그는 용골 밑에 둥근 막대기를 끼워 넣어 배를 굴려 움직여보려고 애를 썼다. 배는 꼼짝달싹도 하지 않았다. 오히려 나무토막 아래에 괴어 지렛대처럼 상하로 움직이게 만든 받침대가 선체를 짓누르면서 나무판자 하나를 망가뜨렸을 뿐이다. 사흘 동안 갖은 노력을 해보았지만 모두 수포로 돌아가자 로빈슨의 두 눈은 피로와 분노로 흐려졌다. 그러나 그는 다시 바다에서부터 절벽을 거쳐 배를 만들어놓은 곳까지 도랑을 팔 생각을 했다. 그렇게 되면 배는 도랑을 타고 내려가 바다에 놓이게 될 것이다. 그는 바로 작업에 착수했다. 하지만 그 계획을 실현하려면 적어도 수십 년 동안 토목공사를 해야 한다는 계산이 나오고 나서는 이내 포기하고 말았다.

6

여름 중 가장 무더울 때 멧돼지들과 그들의 사촌쯤 되는 페커리*들은 숲의 늪 속에 몸을 파묻고 뒹구는 습성이 있다. 그들은 늪이 묽은 진흙탕이 될 때까지 네 다리로 물을 휘저은 다음, 머리만 빠끔히 내놓고 몸을 푹 담그면서 더위와 모기를 피한다.

'탈출호'의 실패로 낙담해 있던 로빈슨은 어느 날 멧돼지 떼가 이런 식으로 진흙탕에서 몸을 뒹구는 것을 목격했다. 그는 너무도 슬프고 지친 나머지 그들처럼 하고 싶었다. 그래서 옷을 벗어버리고 시원한 진흙탕 속에 살며시 몸을 담근 채 눈과 코와 입만 수면 위로 드러냈다. 그는 개구리밥과

* 페커리: 남미산産 멧돼지의 일종.

수련과 개구리 알 한가운데 드러누워 하루 종일 지냈다. 고여서 썩은 물에서 올라오는 가스가 그의 정신을 몽롱하게 만들었다. 때때로 그는 여전히 요크의 가족과 함께 있고, 아내와 자식들의 목소리가 들리는 듯한 착각이 들었다. 혹은 자신이 요람 속에 누운 갓난아이라는 상상에 빠져 바람에 흔들리는 머리 위의 나뭇가지들이 마치 자신을 굽어보는 어른들처럼 느껴지기도 했다.

저녁에 미지근한 진흙탕에서 빠져나올 때면 머리가 빙빙 돌았다. 그는 네발로 기어 다닐 수밖에 없었고, 돼지처럼 땅바닥에 코를 처박은 채 닥치는 대로 아무거나 먹었다. 몸을 전혀 씻지 않았기 때문에 그의 몸은 말라붙은 흙과 때로 머리부터 발끝까지 온통 뒤덮여 있었다.

어느 날 그가 늪에서 물냉이를 뜯어 먹고 있을 때 어디선가 음악 소리가 들려오는 듯했다. 그것은 하프 반주에 맞춰 천사들이 노래하는 천상의 교향곡 같았다. 로빈슨은 자신이 죽어서 천국의 음악을 듣고 있다고 생각했다. 그런데 고개를 들자 동쪽 수평선에 하얀 돛단배가 떠 있는 것이 보였다. 그는 단숨에 '탈출호'의 작업장까지 갔다. 흩어져 있는 연장 속에서 부싯돌을 찾아낸 그는 속이 빈 죽은 유칼리나무 둥치 쪽으로 달려가서, 마른 나뭇가지 더미에 불을 붙여 나뭇등걸의 땅바닥 쪽에 뚫린 구멍으로 밀어 넣었다. 곧 매캐한 연기 기둥이 솟아났지만 불길은 당장에 일어나지 않았다.

그래 보았자 무슨 소용이 있겠는가? 배는 곧바로 섬을 향해 달려오고 있었다. 머잖아 배는 해변 가까이에 닻을 내리고 대형 보트 한 척을 보낼 것이다. 로빈슨은 미친 사람처럼 낄낄거리면서 바지와 셔츠를 찾으러 사방으로 뛰어다니다가 마침내 '탈출호'의 선체 밑에서 옷을 찾아냈다. 그런 다음 그를 짐승처럼 보이게 하는 수염과 머리카락을 헤치고 얼굴을 드러내기 위하여 마구 얼굴을 긁어대며 해변 쪽으로 내달았다. 배는 이제 아주 가까운 곳에 있었다. 로빈슨은 거품이 이는 파도 쪽으로 모든 돛을 우아하게 드리운 배를 뚜렷이 보았다. 그것은 예전에 대서양을 가로지르며 멕시코에서 금과 은, 보석을 실어 나르는 데 이용되던 스페인 범선들 가운데 하나였다. 그가 가까이 다가가자 화려하게 차려입은 사람들이 갑판에 모여 있는 것을 볼 수 있었다. 뱃전에서 파티가 벌어지고 있는 모양이었다. 음악은 작은 규모의 관현악단과 상갑판 뒤쪽에 흰옷을 입고 늘어선 어린이 합창단으로부터 흘러나오는 것이었다. 탁자에는 금과 수정으로 만든 그릇이 잔뜩 놓여 있었고 그 주위로 몇 쌍의 남녀가 우아하게 춤을 추고 있었다. 그러나 아무도 조난당한 로빈슨을, 심지어 이제는 그 배가 방향을 바꾸어 따라 나아가고

32

있는 섬의 해변조차도 바라보는 사람이 없는 것 같았다. 로빈슨은 해변을 따라 달리며 배를 쫓아갔다. 그는 고함을 지르고 두 팔을 흔들다가 걸음을 멈추고선 조약돌을 집어 배쪽으로 던졌다. 그는 넘어지고 다시 일어나고 또 넘어졌다. 범선은 이제 모래언덕이 시작되는 해변 끝까지 왔다. 로빈슨은 물속으로 뛰어들어 이제는 화려한 비단으로 장식된 후미만 보이는 배를 향해 있는 힘을 다해 헤엄쳤다. 뱃전에 튀어나와 있는 한 창문에서 어떤 아가씨가 팔꿈치를 기대고 슬픈 미소를 지으며 그를 바라보고 있었다. 로빈슨은 이 아가씨를 알아보았다. 그는 확신할 수 있었다. 그런데 누구였지? 그는 그녀를 부르기 위해 입을 벌렸다. 짠물이 목구멍 가득 밀려 들어왔다. 그는 배 뒤로 부서지는 작은 빛살 때문에 초록빛으로 바뀌는 물살밖에 볼 수 없었다.

치솟아 오르는 불길에 그는 퍼뜩 정신이 들었다. 갑자기 추위가 엄습했다. 저쪽 절벽 위에서 유칼리나무가 어둠 속의 횃불처럼 타오르고 있었다. 로빈슨은 몸을 비틀거리며 빛과 열기가 흘러나오는 쪽으로 걸어갔다.

그는 불타는 나무둥치 쪽으로 얼굴을 돌리고 풀 속에 몸을 웅크린 채 남은 밤을 고스란히 지새웠다. 열기가 식어가자 그는 점점 더 불가로 다가갔다. 동이 틀 무렵에야 비로소 그는 범선에 타고 있던 아가씨가 누구였는지 기억해낼 수 있었다. 그녀는 그가 떠나기 수년 전에 죽은 누이동생 루시였다. 그렇다면 그가 본 배, 그 범선— 바다에서 모습을 감춘 지 2백 년도 더 되는 그런 유형의 배— 은 사실 허깨비에 지나지 않았던 것이다. 그것은 병들어 미친 그 자신이 만들어낸 환각에 불과했다.

로빈슨은 마침내 진흙탕 속에서의 목욕과 게으른 생활이 그를 점점 미치광이로 만들어가고 있다는 것을 깨달았다. 상상의 산물인 그 범선은 하나의 심각한 경고였다. 다시 정신을 차리고 일을 해서 자신의 운명을 개척하지 않으면 안 되었다.

그는 섬에 닿은 이래로 줄곧 마음을 사로잡아 들뜨게 하면서도 한편으로 그에게 고통을 안겨준 바다에 등을 돌린 채 숲과 바윗돌 더미를 향해 걸어 들어갔다.

7

그 후 몇 주 동안 로빈슨은 섬을 조직적으로 탐사하고 물 나오는 곳, 자연 피신처들, 낚시하기 가장 좋은 장소, 야자열매·파인애플·캐비지 야자의 새싹 따위를 구할 수 있는 장소 등을 알아내기 위해 무척 애썼다. 그는 섬 중앙의 아가리를 벌린 거대한 바위 동굴 안에 큰 창고를 만들었다. 그곳에 그는 난파선에서 떼어내 올 수 있는 모든 것들, 지난 몇 달 동안의 폭풍우를 견뎌낸 모든 것들을 옮겨다 놓았다. 검은 화약 가루 사십 통을 동굴의 가장 깊숙한 곳에 쌓아둔 다음 옷 세 상자, 곡식 다섯 자루, 식기와 은그릇이 담긴 광주리 두 개, 잡다한 물건들—촛대, 박차, 보석, 확대경, 안경, 주머니칼, 해양 지도, 거울, 주사위—을 담은 여러 개의 상자, 항해에 필요한 장비—닻줄, 도르래, 각등, 줄, 부표 따위—가 들어 있는 가방 하나, 마지막으로 금화, 은화, 동전이 든 상자 하나를 쌓아놓았다. 그가 난파선의 선실에서 발견한 책들은 바닷물과 빗물에 씻겨 인쇄된 글자가 다 지워지고 없었다. 하지만 로빈슨은 그와 같이 하얗게 된 부분들을 햇볕에 말리고, 잉크 대용으로 쓸 수 있는 액체를 구할 수만 있다면 일기장으로 활용할 수 있을 거라 생각했다.

그는 동쪽 절벽 해안에 많이 사는 물고기를 발견했고, 그들로부터 원하던 액체를 얻을 수 있었다. '생선 고슴도치'라는 별명을 가진 가시복이었다. 이 물고기는 억센 턱과 몸 전체에 독침이 솟아나 있는 무서운 동물로, 적의 공격을 받으면 공기를 흡입하여 공처럼 둥근 모양을 만들었다. 그놈은 뱃속에 공기를 잔뜩 빨아들이고 나서는 별로 불편한 기색도 없이 배를 드러내놓고 떠다녔다. 모래밭에 밀려온 것들 가운데 한 마리를 막대기로 건드려본 로빈슨은 놈의 배때기에 닿는 건 뭐든 잉크로 사용할 수 있을 만큼 화려하고 진한 붉은색으로 물드는 것을 알아차렸다. 그는 곧 독수리 깃털 하나를 다듬어 급히 종이 위에 첫번째 글을 썼다. 이때부터 그는 가장 두툼한 책에 매일 일어나는 주요한 사건들을 기록하기로 결심했다. 그는 책의 첫 쪽에 섬의 지도를 그려 넣고, 그 아래에 그가 막 이름 붙인 섬의 이름을 적어 넣었다. '희망'이라는 뜻의 스페란차Speranza였다. 그는 더 이상 자신을 절망에 내맡기지 않기로 결심한 것이다.

섬에 사는 동물들 가운데 가장 쓸모 있는 것은 분명 그 수가 가장 많은 염소들과 새끼 염소들일 것이다. 그 짐승들을 길들일 수만 있다면 말이다. 암염소들은 접근하기는 쉬웠지만, 젖을 짜려고 하면 곧 완강하게 버텼다. 그는 말뚝 위에 수평으로 장대들을 연결한 후 칡덩굴로 엮어서 우리를 하나 만들었다. 그곳에 아주 어린 염소들을 가두어놓자 그놈들이 우는 소리를 듣고 어미 염소들도 따라 들어왔다. 그런 다음 로빈슨은 새끼들을 우리에서 내보내고 며칠을 더 기다렸다. 어미 염소들은 젖통이 부어올라 고통스러워지자 젖을 짜도 얌전히 굴었다.

'버지니아호'의 잔해 더미에서 가져온 쌀과 밀, 보리, 옥수수자루 들을 자세히 조사한 후 로빈슨은 몹시 실망했다. 쥐와 바구미가 이미 곡식을 많이 파먹어서 남은 거라곤 똥이 섞인 얼마간의 곡식 자루가 고작이었다. 그나마 있는 것도 빗물과 바닷물에 젖어 엉망이었다. 그는 성한 것만 한 알 한 알 골라내야 했다. 그것은 오랜 인내가 필요한, 고된 작업이었다. 그런 다음 로빈슨은 몇 에이커의 초원에 불을 놓았고, '버지니아호'에서 주워온 철판에 넓은 구멍을 뚫고 자루를 박아 괭이를 만들어 땅을 간 다음 씨를 뿌려 심었다.

이렇게 가축도 기르고 농사도 지으면서 로빈슨은 섬을 개

척하기 시작했다. 하지만 일의 성과는 보잘것없었고 한계가
있었다. 그는 종종 이 섬이 야생의 땅이고, 자신에게 적대적
임을 느끼곤 했다. 어느 날 아침 그는 새끼 염소 위에 올라
앉아 피를 빨아 속을 비우고 있는 흡혈조를 보고는 화들짝
놀랐다. 흡혈조는 밤이 되면 잠든 짐승의 등에 달라붙어 피
를 빨아먹는 거대한—양쪽 날개를 펼치면 폭이 75센티미
터에 달했다—흡혈박쥐였다. 또 한 번은 반쯤 물 밖으로
솟아난 바위들 위에서 조개를 잡는 도중에 얼굴 정면으로
물총을 맞았다. 로빈슨은 그 충격에 약간 얼떨떨한 상태로
몇 발자국을 떼어놓다가 다시 한 번 얼굴에 물총을 맞고 발
길을 멈췄다. 그는 마침내 바위 구멍에서 조그만 회색빛 문
어 한 마리를 발견했다. 녀석은 신기할 정도로 정확하게 주
둥이로 물을 뿜어내는 놀라운 재주를 가지고 있었다.

　어느 날 로빈슨은 삽을 부러뜨렸고 젖이 가장 잘 나오던
염소 한 마리를 잃어버렸다. 그는 절망에 빠졌고 다시 늪의
진흙탕 쪽으로 걸음을 옮겼다. 그는 옷을 벗어던지고 미지
근한 진흙 속으로 미끄러져 들어갔다. 모기들이 구름떼같
이 우글거리는 썩은 물에서 독가스가 올라와 그를 혼미하
게 했고 그에게서 시간관념도 앗아갔다. 그는 독수리, 흡혈
박쥐, 문어는 물론이고 섬의 존재도 잊어버렸다. 그는 요크
에서 모직물 가게를 운영하는 아버지 집으로 돌아가 다시

어린아이가 된 것처럼 느껴졌다. 어머니와 아버지, 형제자매들의 목소리가 들리는 것 같았다. 그는 그렇게 게으름과 절망, 좌절이 언제나 자신을 위협하고 있으며, 그런 위험에 빠져들지 않기 위해서는 쉬지 않고 일해야 한다는 것을 깨달았다.

옥수수는 완전히 썩어버렸고 로빈슨이 씨를 뿌려놓았던 땅은 또다시 엉겅퀴와 쐐기풀로 뒤덮였다. 그러나 보리와 밀은 매우 잘 자랐다. 그는 연하고 보드라운 어린 줄기들을 손으로 쓰다듬으면서 스페란차가 그에게 베푼 첫 기쁨을 맛보았다. 수확 때가 되자 그는 낫을 대신할 만한 도구를 찾아보았다. 그러나 선장의 선실을 장식하고 있던 낡고 긴 전투용 칼, 그가 다른 난파물들과 함께 이곳으로 가져다 놓은 그 칼 말고는 더 이상 아무것도 발견하지 못했다. 처음에 그는 고향에서 농부들이 하는 것처럼 차근차근 체계적으로 수확을 하려고 했다. 하지만 이 영웅적인 무기를 휘두르다 보니 일종의 호전적인 열정에 사로잡혀 미친 듯이 고함을 내지르며 머리 위로 칼을 빙빙 돌리면서 앞으로 나아갔다. 이런 식으로 베인 이삭들은 비교적 멀쩡했지만, 아무렇게나 잘리고 널리고 짓밟힌 밀짚은 아무짝에도 소용없게 돼버렸다.

둘로 접은 돛 안에 이삭을 놓고 도리깨로 쳐서 낟알을 골라낸 다음, 바람이 세차게 부는 어느 날 바깥으로 나와 그 것들을 광주리에서 다른 광주리로 부으며 키질을 했다. 쭉 정이와 미세한 찌꺼기가 멀리 날아갔다. 마침내 작업을 끝 낸 그는 이번 수확이 삼십 통의 밀과 이십 통의 보리에 달 한다는 것을 확인하고 아주 흐뭇했다. 그는 곡식을 빻기 위 해 절구통 하나와 절굿공이 하나—속이 빈 나무토막과 끝 이 둥글고 단단한 나뭇가지—를 마련했고, 최초의 빵을 굽 기 위해 화덕도 준비했다. 그러나 불현듯 아직은 빵을 구울 때가 아니라는 생각이 들었다. 그는 수확한 곡식 전부를 다 음 파종 때 사용하기로 결정했다. 빵을 포기한다는 어렵고 경외로운 자신의 결정에 스스로 대단히 만족했다. 그러나 그것은 앞으로 그에게 많은 고통을 안겨줄 '구두쇠 근성'에 복종하는 것에 다름없었다.

로빈슨이 '버지니아호'의 동반자였던 텐을 발견한 것은 바 로 첫 수확을 하고 얼마 지나지 않아서였다. 그때 그는 너무 나 기뻐서 어쩔 줄 몰랐다. 개는 신음 소리를 내며 몸을 비 틀거리면서 덤불에서 모습을 나타냈는데, 그 역시 옛 주인 을 보고 있는 힘껏 반가움을 표시했다. 이 녀석이 그동안 섬 에서 어떻게 지냈으며, 왜 일찍 그에게 오지 않았는지 도무 지 알 수 없었다. 이 동반자의 출현으로 그는 오래전부터 생 각했던 한 가지 계획을 실행에 옮기기로 결심했다. 그것은 진짜 집을 한 채 지어서 더 이상 동굴 한 귀퉁이나 나무 아래서 잠을 자지 않는 것이었다. 그는 섬 중앙에 있는 커다란 서양삼나무 근처에 집터를 잡았다. 우선 그는 사각형의 구덩이를 판 다음, 작고 동글동글한 돌로 바닥을 덮고 그 위에 흰 모래를 깔았다. 완전히 마르고 물이 잘 빠진 이 토대 위에 종려나무 둥치들을 겹쳐 세워서 벽을 만들었다. 갈댓잎을 엮어서 지붕을 만들고 그 위에 슬레이트 기와처럼 비늘 모양으로 무화과나무와 고무나무 잎사귀를 덮었다. 바깥 벽면에는 진흙 반죽을 발랐다. 모랫바닥은 모양이 고르지는 않지만 편편한 돌들을 퍼즐 조각처럼 맞추어 깔았다. 암염소 가죽과 골풀로 만든 돗자리, 버드나무로 짠 몇 가지 가구, '버지니아호'에서 건져온 식기류와 각등들, 망원경, 긴 칼, 그리고 벽에 걸어놓은 소총 한 자루는 로빈슨이 오랫동안 잊고 있었던 편안하고 아늑한 분위기를 만들어냈다. 그는 '버지니아호'에서 가져온 몇 개의 상자 속에 들어 있던 옷들—그중 어떤 것은 상당히 멋있었다—도 모조리 꺼냈다. 그 뒤로 그는 저녁마다 옛날식 짧은 바지에 모자를 쓰고 긴 양말과 구두를 갖춰 신은 다음에 식사를 하는 습관을 갖게 되었다.

시간이 흘러 그는 집 안에서는 하루 중 몇 시간밖에 해를 볼 수 없기 때문에 시간을 알기 위해서는 밤낮으로 작동하

는 일종의 벽시계를 만드는 것이 적당하다고 생각했다. 몇 번의 시행착오를 거친 다음, 그는 옛날 사람들이 사용했던 것과 비슷한 물시계를 만들었다. 그것은 주둥이가 좁고 몸체가 둥근 큰 유리병 밑바닥에 아주 작은 구멍 하나를 뚫어, 그곳으로 물이 한 방울 한 방울 떨어져 땅바닥에 놓아둔 구리통 속으로 떨어지도록 만든 단순한 장치였다. 유리병이 완전히 비는 데는 스물네 시간이 걸렸으므로 로빈슨은 유리병 옆에 평행으로 스물네 개의 원을 그려 넣고 그 하나하나에 숫자를 표시해놓았다. 이리하여 물이 고여 있는 높이는 항상 시간을 알려주었다. 또한 그는 지나간 날짜와 달 그리고 햇수를 알려줄 달력이 필요했다. 그는 언제부터 이 섬에 머물렀는지 전혀 알 길이 없었다. 1년? 2년? 아니면 그 이상? 그는 원점에서부터 다시 출발하기로 결심하고, 집 앞에 '돛대 달력'을 세웠다. 그것은 껍질이 벗겨진 나무둥치였다. 그는 여기에 매일 작은 홈을 새겼다. 한 달이 지날 때는 좀더 깊은 홈을 새기고, 열두 달이 지나자 커다랗게 아라비아 숫자 1을 써 넣어 그의 섬 달력의 첫해를 표시했다.

8

시간은 그럭저럭 흘러갔지만, 로빈슨은 점점 더 자신의 하루 일과를 잘 계획할 필요성을 느꼈다. 그는 진흙탕 속에 다시 떨어져 짐승처럼 살게 될까 봐 늘 두려웠다. 도와줄 사람이 아무도 없는데 오롯이 한 명의 인간으로 남아 있기란 매우 어려운 일이었다. 나쁜 상태에 빠지지 않기 위해 그가 생각해낼 수 있는 일이라곤 노동과 규칙 그리고 섬에 있는 모든 자원을 샅샅이 조사하는 일뿐이었다.

그의 달력에 따라 1,000일째 되던 날, 로빈슨은 '스페란차섬'에 법령을 공포하기로 결정했다. 그는 예복으로 갈아입고, 서서 글을 쓸 수 있도록 고안하여 만든 책상 앞에 자리를 잡았다. 그러고 나서 그는 '버지니아호'에서 찾아낸, 바닷물에 글자가 지워졌지만 상태가 가장 괜찮은 책들 가운데 한 권을 펼치고 다음과 같이 글을 쓰기 시작했다.

현재 있는 곳의 달력에 따라 1,000일째 되는 날부터 시행되는

스페란차 섬의 헌장

제1조

1737년 12월 19일 요크에서 태어난 로빈슨 크루소는 후안 페르난데스 제도와 칠레 서쪽 연안 사이의 태평양상에 위치한 스페란차 섬의 총독으로 임명되었다. 총독의 자격으로 그는 섬과 그 영해 전체에 대하여 법을 제정할 전권을 가진다.

제2조

섬에 거주하는 모든 주민은 자신의 생각을 큰 소리로 말할 의무가 있다.

　(사실 로빈슨은 대화를 나눌 사람이 아무도 없었기 때문에 말의 사용법을 잊어버릴까 봐 두려워하고 있었다. 이미 그는 말을 하고 싶을 때 약간 술에 취한 듯한 언어장애를 겪고 있었다. 그때부터 그는 나무나 돌, 구름, 또한 염소나 텐에게까지 끊임없이 말을 거는 것을 의무로 삼았다.)

제3조

금요일은 금식일로 정한다.

제4조

일요일은 휴일로 정한다. 토요일 19시부터 섬 안에서는 일체의 노동이 중지되어야 하며 주민들은 저녁 식사를 위하여 가장 좋은 옷을 입어야 한다. 일요일 아침 10시에는 기도를 하기 위해 주민들은 사원에 모여야 한다.

　(이 법령에서 로빈슨은 섬에 많은 주민이 살고 있는 것처럼 여기지 않을 수 없었다. 사실 단 한 사람을 위해 법을 제정한다는 것은 어리석어 보였기 때문이다. 그리고 언젠가는 그에게 한두 명의 동료가 우연히 생길지도 모른다고 생각했다.)

제5조

오직 총독만이 파이프 담배를 피울 권리를 가진다. 그러나 일주일에 한 번, 일요일 점심 식사 후에 한 번만 피울 수 있다.

　(그가 반 데셀 선장의 도자기 파이프의 사용법과 그 맛을 발견한 지는 얼마 되지 않았다. 불행하게도 담배통에 담긴 담배가 곧 바닥이 날 것이기에 그것을 피울 수 있는 기간을 최대한 늘리려고 애썼다.)

로빈슨은 이 법령을 지키지 않고 어기는 사람들에게 부과할 형벌을 정하기 전에 잠시 생각에 잠겼다. 그는 문 쪽으로 몇 발자국 걸어가서 문을 활짝 열었다. 눈앞에 펼쳐진 자연은 너무도 아름다웠다. 나뭇잎들은 초록빛 바다처럼 바람에 흔들리고 있었고, 바다는 태평양 멀리 푸른 수평선과 맞닿아 있었다. 그리고 저 멀리 하늘은 구름 한 점 없이 온통 푸르렀다. 하지만 아니다! 온통 푸르지만은 않았다. 로빈슨은 넓은 해변에서 한줄기 흰 연기구름이 피어오르는 것을 보고 소스라치게 놀랐다. 그는 자신이 그쪽 해변에 불을 피워놓은 적이 없다고 확신했다. 방문객들이 있단 말인가? 그는 벽에 걸린 소총과 화약통, 탄환 자루 그리고 망원경을 벗겨 들었다. 그리고 휘파람을 불어 텐을 부른 다음, 동굴에서 바닷가로 곧바르게 나 있는 길을 피하여 울창한 잡목림 속으로 들어갔다.

부표와 전복 방지용 평형추가 달린 세 척의 긴 카누가 모래사장 위에 올려 놓여 있었다. 약 마흔 명 정도의 남자들이 불가에 둥그렇게 둘러서 있었다. 불에서는 무겁고 짙은 하얀 연기가 소용돌이치며 솟아오르고 있었다. 로빈슨은 망원경으로 그들이 칠레 연안의 무서운 인디언인 아라우칸 족 인디언들임을 알 수 있었다. 그들은 잉카족의 침략을 물리치고 스페인 정복자들에게 쓰라린 패배를 안겨준 부족이

었다. 키가 작고 어깨가 딱 벌어진 그들은 거친 가죽 치마를 두르고 있었다. 유별나게 두 눈썹 사이가 벌어진 그들의 넓은 얼굴은 눈썹을 완전히 밀어버리는 습관 때문에 더욱 이상하게 보였다. 그들은 매우 길고 검은 머리털을 가지고 있었는데 툭하면 자랑스럽게 흔들어댔다. 로빈슨은 그들의 수도인 테무코에 여러 번 여행 간 적이 있어서 그들에 대해 잘 알고 있었다. 만약 스페인 사람들과 또다시 충돌이 일어난다면, 그 어떤 백인도 살아남지 못하리라는 것도.

그들이 저 카누를 타고 칠레 해안에서 스페란차까지 그 엄청난 거리를 항해해왔단 말인가? 항해에 관한 그들의 명성을 생각해볼 때 불가능한 일은 아닐 것이다. 그러나 그들이 후안페르난데스 제도 가운데 한두 개의 섬을 손아귀에 넣었다고 보는 편이 더 그럴듯했다. 그래서 로빈슨은 자신이 그들의 손에 붙잡히지 않은 것이 천만다행이라고 생각했다. 그랬다면 틀림없이 노예가 되었거나 처참하게 죽임을 당했을 것이기 때문이다.

아라우카니아*에서 들었던 이야기 덕분에 그는 지금 바닷가에서 벌어지고 있는 의식의 의미를 눈치챌 수 있었다. 남자들이 둥글게 에워싸고 있는 한가운데서 머리를 풀어헤

* 아라우카니아Araucanía: 칠레 수도 산티아고에서 남쪽으로 약 700킬로미터 떨어진 지역.

친, 비쩍 마른 노파 하나가 비틀거리며 왔다 갔다 하고 있었다. 노파는 불에 다가가서는 한 줌의 가루를 던지고 곧 거기서 솟아오르는 희고 굵은 연기를 탐욕스럽게 들이마셨다. 그런 다음 꼼짝도 하고 있지 않은 인디언들 쪽으로 돌아서서 한 걸음 한 걸음 옮기며 이 사람 저 사람 앞에서 멈추곤 했다. 마치 그들을 검사하는 듯했다. 곧이어 노파는 불 가까이로 되돌아와 아까와 같은 행동을 되풀이했다.

그 무당은 인디언들 가운데 누가 부족에게 질병, 원인 모를 죽음, 또는 화재나 천둥, 흉작 같은 불행을 가져다줄 건지 가려내는 임무를 맡고 있었다. 마침내 무당은 희생자가 될 한 명의 인디언을 골라냈다. 그녀의 길고 깡마른 팔이 남자들 가운데 한 명을 향해 뻗었고, 딱 벌린 입에서는 로빈슨이 알아들을 수 없는 저주의 말이 쏟아져 나왔다. 무당에게 지목당한 인디언은 땅바닥에 배를 깔고 엎드린 채 두려움에 질려 온몸을 크게 부들부들 떨었다. 인디언들 가운데 한 명이 그에게로 다가갔다. 그는 큰 칼—무기로도 쓰이고 연장으로도 쓰이는 벌채용 큰 칼—을 들어 올려 우선 그 불쌍한 인디언의 앞 가리개를 떼어 날렸다. 그런 다음 규칙적으로 그의 몸 위를 후려치더니 머리와 두 팔과 두 다리를 잘라냈다. 마침내 희생자의 여섯 토막 난 몸뚱이가 불 속에 던져졌고 곧 검은 연기가 피어올랐다.

인디언들은 둥근 원을 풀고 카누 쪽으로 갔다. 그들 가운데 여섯 명이 카누에서 큰 가죽 부대를 꺼내더니 숲을 향해 걸어갔다. 로빈슨은 재빨리 몸을 나무 밑에 숨겼지만 그의 영역을 침범해오는 사내들에게서 눈을 떼지 않았다. 만약 그들이 섬에 누군가가 살고 있다는 흔적을 발견한다면 곧장 추적에 나설 것이고, 그렇게 되면 여간해서는 그들에게서 벗어나지 못할 것이다. 그러나 다행히도 첫번째 물 나오는 곳은 숲 가장자리에 있어서 인디언들이 섬 안쪽으로 들어올 필요가 없었다. 그들은 가죽 부대에 물을 가득 채운 다음 긴 장대에 매달아 둘이서 어깨에 메더니 동료들이 벌써 올라타 자리를 잡고 있는 카누 쪽으로 걸어갔다. 무당은 배의 뒷자리에 마련된 특별석에 구부정히 앉아 있었다.

카누들이 절벽 뒤로 사라지고 난 뒤 로빈슨은 모닥불 쪽으로 다가갔다. 거기엔 어떤 불행의 죄 몫으로 잔인하게 희생된 인디언 남자의 타다 남은 사체가 아직까지 보였다. 로빈슨은 공포와 혐오, 슬픔으로 가득 차 총독 관사로 되돌아와서 다시 스페란차 법령을 작성하기 시작했다.

제6조

스페란차 섬은 방어 시설을 갖춘 요새임을 선포한다. 섬은 장군의 계급을 지닌 총독의 지휘를 받는다. 해가 진 다음 한 시간 후부터는 의무적으로 소등하여야 한다.

　그 후 몇 달 동안 로빈슨은 집과 동굴 입구 주위에 구멍을 뚫어 총을 쏠 수 있는 벽과 성벽을 세웠고, 성벽 바깥쪽에는 너비 2미터, 깊이 3미터의 구덩이를 파서 침입자들의 접근을 막았다. 중앙에 있는 세 개의 총안 가장자리 위에는 소총 두 자루와 권총 한 자루를 장전하여 놓아두었다. 공격을 받을 경우 침략자들로 하여금 요새를 방어하는 사람이 그 혼자만이 아니라는 것을 믿게 할 요량이었다. 적의 배에 접근하여 싸울 때 사용하는 긴 칼과 도끼도 팔을 뻗으면 닿는 거리에 놓여 있었지만, 육박전을 벌이게 될 가능성은 거의 없었다. 왜냐하면 성벽 부근 여기저기에 함정을 설치해 놓았기 때문이다. 그것은 다섯 개의 점 모양으로 배치된 구덩이들로, 밑바닥에는 불에 달구어 뾰족하게 만든 쇠말뚝을 박아놓고, 그 위에 골풀로 엮은 얇은 발을 올려놓은 다음 다시 풀잎들로 덮어 만든 것이었다. 그다음에 로빈슨은 침략자들이 공격하기 전에 당연히 모이게 될 숲 가장자리 땅속에 두 통의 화약을 묻어놓고, 멀리서 삼으로 엮은 줄을 당겨 폭발시킬 수 있는 장치를 해두었다. 끝으로 그는 구덩이를 건너는 가교를 성벽 안쪽에서 들어 올려 차단할 수 있도록 이동식으로 만들었다.

매일 저녁 나팔을 불어 소등 시간을 알리기 전에 그는 텐을 데리고 순찰을 돌았다. 텐은 스페란차 섬과 주민들을 위협하는 상황이 어떤 종류의 것인지를 이해한 것 같았다. 그런 다음 성의 문을 닫았다. 혹시 뜻하지 아니한 때에 적이 쳐들어올 경우 함정 구덩이 쪽으로 빠질 수 있게 큰 돌덩어리들을 계산된 장소에 굴려다놓았다. 부교浮橋는 들어 올려졌고 모든 출입구가 봉쇄되었으며 소등을 알리는 나팔이 울렸다. 그런 후 로빈슨은 저녁을 준비하고 자신의 멋진 집 안에 식탁을 차린 다음 동굴 속으로 물러났다. 잠시 후 그는 몸을 씻고 향수를 바르고 머리를 빗고 수염을 정돈하고 장군 제복으로 갈아입은 다음, 밖으로 나왔다. 마침내 로빈슨은 나무 막대기에 송진을 발라 만든 촛대의 희미한 불빛 아래서 텐의 정열적이고 주의 깊은 시선을 받으며 느긋하게 식사를 했다.

9

철두철미하게 진지를 구축하고 나자 곧 억수같이 비가 쏟아졌다. 로빈슨은 세차게 쏟아진 비 때문에 망가진 집과 길, 가축 울타리를 손보지 않을 수 없었다. 그러고는 다시 수확기가 되었다. 금년 수확은 어찌나 풍성한지 큰 동굴이 곡식으로 넘치기 시작하여 그로부터 멀지 않은, 또 다른 동굴을 청소하고 말려야 했다. 로빈슨은 이번에는 자신을 위해 빵을 굽는 기쁨을 사양하지 않았다. 그것은 그가 섬에 정착한 이래로 처음 먹는 빵이었다.

곡식이 풍성해지자 쥐들과의 싸움이 큰 골칫거리가 되었다. 이놈들은 실제로 먹을 식량이 늘어나면 늘어날수록 더욱 증가하는 것 같았다. 로빈슨은 가능하면 수확한 곡식들을 오랫동안 차곡차곡 쌓아둘 생각이었기 때문에 이 같은 설치류를 철저히 몰아내지 않으면 안 되었다.

노란 알이 박힌 몇몇 빨간 버섯들은 독이 있음에 틀림없었다. 그 버섯 조각들이 섞인 풀을 뜯어 먹은 다음 염소 몇 마리가 죽었기 때문이다. 로빈슨은 버섯에서 갈색을 띤 즙을 추출해 그 속에 밀알을 담갔다. 그럼 다음 쥐가 자주 다니는 통로에 독이 든 밀알들을 흩어놓았다. 쥐들은 죽기는커녕 그것을 맛있게 먹어대기만 했다. 이번에는 쥐가 걸려들면 뚜껑이 닫히는 덫을 만들었다. 하지만 이런 종류의 쥐덫을 수천 개씩 만들어야 했고 덫에 걸린 쥐들을 익사시켜야만 했는데, 강물 속에 쥐덫을 넣어 쥐들이 고통스럽게 죽어가는 모습을 지켜보는 일은 끔찍했다.

어느 날 로빈슨은 쥐 두 마리가 필사적으로 싸우는 광경을 보았다. 주위의 모든 것에 아랑곳하지 않고 두 마리의 짐승은 미친 듯이 소리를 내며 뒤엉켜서 땅바닥을 뒹굴었다. 마침내 그놈들은 엉겨 붙은 몸뚱이를 풀지도 않은 채 서로의 목을 뜯으며 죽어버렸다. 두 놈의 사체를 비교한 후 로빈슨은 그들이 서로 다른 종족임을 알아차렸다. 한 놈은 검고 둥그렇게 털이 빠진 쥐로 그가 항해했던 모든 배에서 흔히 보던 쥐들과 모든 점에서 흡사했다. 다른 한 놈은 회색으로 몸집이 더 길쭉하고 털이 더 많았는데 섬의 초원에서 마주치게 되는 들쥐의 일종이었다. 로빈슨은 첫번째 녀석은 '버지니아호'의 잔해로부터 이 섬에 옮겨와서 수확해놓은 곡식들을 먹고 번식한 쥐이고, 두번째 녀석은 본디부터 이 섬에서 살던 토종 쥐란 것을 즉시 알아차렸다. 그 두 부류 쥐들은 서로 세력권도 다르고 먹이도 다른 듯했다. 어느 날 저녁, 로빈슨은 굴 안에서 잡은 검은 쥐 한 마리를 들판에 풀어놓고서 그 사실을 확인했다. 한참 동안 풀밭이 흔들리는 것만으로도 무자비한 사냥이 진행 중이라는 것을 알 수 있었다. 로빈슨은 약간 떨어진 모래언덕 밑에서 모래가 솟구치는 것을 보았다. 그가 그곳에 도착했을 때 검은 쥐는 약간의 털 뭉치와 찢어진 살점만이 남아 있는 상태였다.

그런 일이 있은 후 로빈슨은 곡식 두 자루를 동굴에서부터 가느다랗게 한 줄로 뿌린 다음, 나머지를 들판에 잔뜩 뿌렸다. 이 방법은 어쩌면 무용지물이 될지도 모르고 곡식만 축낼 위험이 있었다. 그런데 그렇지 않았다. 해가 지자마자 검은 쥐들은 곡식을 자신들의 몫이라고 여겼던지 그것을 도로 빼앗기 위해 떼를 지어 나왔다. 회색 쥐들은 갑작스러운 검은 쥐들의 습격을 물리치기 위해 몰려들었다. 격렬한 싸움이 벌어졌다. 온 들판에서 태풍이 일듯이 모래들이 작게 솟구쳐 뿜어 나왔다. 한데 맞붙어 싸우는 쥐들은 살아 움직이는 포탄들처럼 굴러다녔고, 땅에서는 쥐들의 엄청난 비명 소리가 솟아올랐다.

싸움의 결과는 예상할 수 있었다. 적이 차지하고 있는 땅에서 싸우는 동물은 항상 패하기 마련이다. 그날 검은 쥐들은 전멸했다.

10

로빈슨은 한 번도 외모 따위에 신경 쓴 적이 없었고, 특히 거울에 비친 자신의 모습을 바라보는 일을 좋아하지 않았다. 하지만 거울을 본 지가 너무 오래되어서, 어느 날 '버지니아호'에서 가져온 상자에서 거울을 꺼내 거기에 비친 자신의 얼굴을 보고는 깜짝 놀랐다. 수염이 길었고 얼굴에 많은 주름이 생긴 것을 제외하면 그다지 변한 게 없었다. 그렇지만 점잖고 엄숙한 얼굴 표정이 그를 불안하게 했다. 그것은 그에게서 떠난 적이 없는 일종의 쓸쓸함 같은 것이었다. 그는 미소를 지어 보려고 애썼다. 하지만 미소 짓기가 쉽지 않다는 것을 깨닫고는 충격을 받았다. 아무리 노력을 해도 소용이 없었다. 눈가에 주름을 잡고 입의 양쪽 가장자리를 들어 올리려고 온갖 노력을 다했지만 헛일이었다. 불가능했다. 그는 미소 짓는 법을 잊어버린 것이다. 그는 지금 침울한 표정 속에 굳어서 뻣뻣해진 얼굴, 나무로 된 얼굴을 하고 있었다. 곰곰이 생각한 끝에 그는 자신에게 무슨 일이 일어났는지를 이해하게 되었다. 그는 혼자였기 때문에 너무 오랫동안 미소를 지을 상대가 없어서 웃는 법을 잊어버린 것이다. 웃어보려 했지만 근육이 따라주지 않았다. 그는 계속 딱딱하고 근엄한 표정을 짓고 있는 거울 속 자신의 모습이 너무나 슬퍼 가슴이 조이듯 아팠다. 그는 이 섬에서 마실 것, 먹을 것, 잠자기 위한 집과 침대 등 필요한 모든 것이 있었지만 미소를 지어 보일 사람이 없었던 것이다. 그래서 그의 얼굴은 얼음처럼 얼어붙어 버린 것이다.

그가 두 눈을 아래로 향하고 텐을 바라본 것은 바로 그때였다. 로빈슨은 꿈을 꾸고 있었을까? 텐이 그에게 미소를 던지고 있었다. 텐의 주둥이 한쪽에 검은 입술이 쳐들리더니 두 줄의 송곳니가 드러났다. 녀석은 우스꽝스럽게 머리를 한쪽으로 기울였고, 동시에 옅은 갈색의 두 눈이 조롱하듯 일그러지는 것만 같았다. 로빈슨은 두 손으로 털이 무성한 녀석의 커다란 머리를 잡았다. 그의 눈꺼풀은 감동의 눈물로 젖었고, 알아차리기 어려울 정도의 작은 경련이 그의 입가를 떨리게 했다. 텐은 여전히 찡그린 표정을 한 채로 있었다. 로빈슨은 미소 짓는 법을 다시 배우기 위해 녀석을 열정

적으로 들여다보았다.

그때부터 그것은 둘 사이의 놀이처럼 변했다. 툭하면 로빈슨은 작업이나 사냥 혹은 모래톱 위에서의 산책을 멈추고 어떤 특이한 방식으로 텐을 눈여겨보곤 했다. 그러면 개는 자기 나름대로 그에게 미소를 지었다. 그리하여 로빈슨은 부드럽고 인간적인 얼굴을 조금씩 되찾으며 미소 짓게 되는 것이었다.

11

로빈슨은 멈추지 않고 섬을 정비하고 개척했다. 날이 갈수록 그는 더 많은 일을 해야 했고 일에 따른 책임이나 의무 또한 더 많아졌다. 예를 들어 아침에 눈을 뜨자마자 곧장 세수를 하고, 다음에는 성경 몇 쪽을 읽고 영국 국기를 꽂아놓은 돛대 앞에서 차렷 자세를 취했다. 그리고 성문을 열고 구덩이 위의 통로 역할을 하는 다리를 내려 걸고 바위로 막은 입구를 터놓았다. 아침 일과는 염소젖 짜는 일부터 시작되었다. 젖을 짠 후 로빈슨은 숲 속의 모래 많은 빈터에 마련한 토끼 사육장에 갔다. 그는 그곳에 야생 무와 개자리 그리고 약간의 귀리를 재배해서 섬에 흩어져 살고 있는 칠레산 산토끼 종류를 불러들이고자 했다. 그들은 '아구티'* 라고 불리는 것으로 다리가 길쭉하고 몸집이 매우 크며 귀가 짧았다.

그런 다음에 송어와 잉어가 우글거리는 민물 양어장의 물 높이를 확인했다. 아침나절이 끝날 무렵, 그는 텐과 함께 서둘러 점심을 먹고 잠시 낮잠을 즐겼다. 그러고 나서 오후의 공적인 임무를 완수하기 위해 멋진 장군 제복으로 갈아입었다. 그는 등록 번호를 하나씩 가지고 있는 바다거북을 조사하고, 열대 밀림 한가운데 깊이 30미터의 골짜기 위로 대담하게 건너질러 설치한 칡덩굴 다리의 개통식을 거행하고, 해안가를 따라 형성된 숲 가장자리에 짓기 시작한 고사리 움막을 완성해야만 했다. 그것은 외부에서는 보이지 않으면서 바다를 지켜보는 데 꼭 적합한 매복 초소 구실을 해주면서, 동시에 하루 중 가장 무더운 낮 시간에는 시원한 그늘이 드리운 은신처로 사용될 수 있을 것이다.

때때로 로빈슨은 이런 작업과 의무에 진저리가 났다. 그는 무엇 때문에 그리고 누구를 위해 이 짓을 하는지 마음속으로 되묻곤 했다. 하지만 그는 게으름을 부린다면 또다시 아무것도 하지 않거나 멧돼지들의 진흙탕 속에 빠질 수 있음을 떠올리고는 다시 열심히 일을 했다.

* 아구티: 들쥐의 일종으로 (서인도 제도·남아메리카에 사는 토끼 크기의) 설치류.

12

로빈슨은 섬에 머무른 처음부터 자신이 가진 것 중에서 가장 소중한 물건들을 안전하게 보관하기 위해 섬 한복판의 동굴을 활용했다. 앞쪽에는 수확한 곡식, 과일과 고기 통조림, 더 안쪽에는 옷상자, 연장, 무기, 금화 그리고 가장 구석진 안쪽에는 섬 전체를 폭파하기에 충분한 양의 검은 화약통을 쌓아두었다. 오래전부터 그는 총으로 사냥할 필요가 없다는 것을 알았지만, 마음만 내키면 언제든 사용할 수 있는 화약을 가지고 있다는 것에 만족했다. 그것은 그를 안심시켰고 일종의 우월감을 주었다.

그는 동굴 속을 끝까지 탐사해본 적은 없었지만 가끔씩 호기심이 발동하곤 했다. 화약통 뒤쪽으로 가파르게 경사진 가늘고 긴 통로를 통하여 터널이 이어져 있었는데, 그는 그것이 어디까지 이어지는지 보기 위해 언젠가는 그 안으로 들어가 보기로 결심했다.

그와 같은 일을 과감하게 실행하자면 조명이라는 한 가지 중대한 난관에 부닥치게 될 것이었다. 그가 가지고 있는 것이라곤 나뭇진이 많이 묻은 횃불뿐이었다. 횃불을 들고 그 깊숙한 굴속으로 들어간다는 것은 화약통을 폭발시킬 위험을 무릅쓰는 일이었다. 틀림없이 땅바닥에 화약 가루가 떨어져 있을 것이기 때문에 더욱 위험천만했다. 또한 연기가 숨을 쉴 수 없게 만들 수도 있었다. 그는 한순간 동굴 깊숙한 곳에 환기와 채광을 위해 구멍을 뚫을까도 생각해보았지만 단단한 바위 때문에 포기했다. 오직 한 가지 방법밖에는 없었다. 그것은 어둠을 받아들이고 어둠에 익숙해지도록 노력하는 것이었다. 그리하여 그는 옥수수 전병과 염소젖 항아리를 가지고 최대한 깊이 굴속으로 들어갔다. 그리고 기다렸다.

지금까지 느껴보지 못한 절대적인 고요가 그의 주위를 감돌았다. 그는 해가 수평선 쪽으로 지고 있는 중이라는 것을 알았다. 어느 순간에 석양빛이 동굴 바로 정면으로 비쳐들 것이고, 그러면 잠깐 동안 동굴은 깊숙한 곳까지 훤해질 터였다. 실제로 섬광이 반짝하는 동안 동굴은 번개가 어둠을 뚫고 지나가는 것처럼 휙 환해졌다. 로빈슨이 동굴에서

지낸 첫날이 지나갔다는 걸 알기에는 그것으로 충분했다.

그는 잠을 자고 옥수수 전병을 먹고, 다시 잠들었다가 일어나 염소젖을 마셨다. 갑자기 똑같은 섬광이 다시 한 번 반짝였다. 스물네 시간이 흐른 것이다. 로빈슨에게는 그 시간이 마치 꿈처럼 지나갔다. 그는 시간관념을 잃기 시작했다. 그다음 스물네 시간은 더 빨리 지나갔고, 로빈슨은 자신이 잠을 자고 있는지 아니면 깨어 있는지조차 분간할 수 없었다.

마침내 그는 자리에서 일어나 동굴 깊숙한 곳으로 들어가 보기로 했다. 그가 찾던 것, 즉 수직으로 난 매우 좁은 일종의 굴뚝 구멍을 찾기까지 그리 오래 헤매지 않았다. 그는 곧 그 속으로 몸을 밀어 넣어보려고 몇 번이나 시도했다. 구멍의 벽면은 살처럼 매끄러웠지만 폭이 너무 좁아서 반쯤 몸이 들어간 다음에는 꼼짝할 수가 없었다. 그는 옷을 모두 벗고 나서 염소젖 항아리 밑바닥에 남아 있던 엉긴 우유로 온몸을 문질렀다. 그런 다음 그 좁은 구멍 속으로 머리를 먼저 들이밀고 몸을 밀어 넣었다. 이번에는 느릿느릿하지만 규칙적으로, 마치 뱀의 목구멍에 삼켜져 미끄러져 내려가는 개구리처럼 로빈슨의 몸이 좁은 구멍 속으로 미끄러져 들어갔다.

그는 밑바닥이 웅크린 몸의 모습과 꼭 닮은 둥지 같은 곳으로 부드럽게 떨어졌다. 그곳에 쭈그리고 앉아 무릎을 세워 그 위에 턱을 괴고 두 장딴지를 서로 엇갈리게 한 다음, 두 손을 발 위에 놓은 채 자리를 잡았다. 그 자세가 어찌나 편한지 곧 잠이 들었다. 다시 깨어났을 때 얼마나 놀랐는지! 주변에 있던 어둠이 흰빛으로 변해 있었다. 여전히 아무것도 볼 수 없었지만 그는 어둠 속이 아니라 흰빛 속에 잠겨 있는 것처럼 느껴졌다. 또 웅크리고 앉아 있는 구멍은 어찌나 부드럽고 포근하며 하얀지 그는 어머니를 떠올리지 않을 수 없었다. 그는 자장가를 부르며 자기를 재우고 있는 어머니의 품속에 있다고 생각했다. 아버지는 키가 작고 허약한 남자였지만, 어머니는 키가 크고 튼튼하며 침착한 여자로 결코 화를 내는 법이 없이 아이들을 바라보는 것만으로도 늘 아이들의 마음을 잘 꿰뚫고 계셨다.

어느 날, 아버지가 안 계시고 어머니 혼자 아이들을 돌보며 2층에 계실 때 1층 가게에서 불이 났다. 오래된 목조건물이었기에 불은 매우 빠른 속도로 번졌다. 황급히 작업장에서 달려온 키 작은 아버지는 아내와 자식들이 갇혀 있는 집이 불타는 것을 보면서 어쩔 줄 몰라 하며 골목길에서 발을 동동 구르셨다. 그때 그는 격렬히 치솟는 불길과 연기 속에서 자기 아내가 아이들을 어깨에 메고 팔에 안고 등에 업고 앞치마에 매단 채 태연하게 밖으로 나오는 것을 보았다.

로빈슨은 동굴의 구멍 속에서, 지나치게 많이 달린 열매들의 무게를 못 이겨 가지가 늘어진 나무 같은 어머니의 모습을 떠올렸다. 또 다른 모습도 생각났다. 주현절* 전날 저녁, 다음 날 축제의 왕을 가리키게 될 페브를 숨겨놓은 밀가루를 반죽하고 계신 모습이었다. 로빈슨에게는 스페란차 섬 전체가 하나의 커다란 케이크이고 자신은 그 속에 감춰진 작은 페브처럼 여겨졌다.

그는 영원히 그 안에 머무를 생각이 아니라면 구멍에서 빠져나와야 한다는 것을 깨달았다. 그는 구멍에서 가까스로 몸을 빼내 좁은 통로를 기어올랐다. 굴 안쪽에 이르러 그는 더듬거리며 벗어놓은 옷을 찾았다. 그는 옷을 걸쳐 입을 새도 없이 둘둘 말아서 팔 밑에 꼈다. 하얀 어둠이 그의 주위에서 아직 사라지지 않고 남아 있었기 때문에 혹시 눈이 먼 것은 아닐까 하는 걱정이 들었다. 비틀거리며 동굴의 입구 쪽으로 나가는데, 갑자기 햇빛이 그의 얼굴을 후려쳤다. 하루 중 가장 무더운 낮 시간이었다. 도마뱀들조차도 그늘을 찾는 시간이었다. 하지만 로빈슨은 추위에 덜덜 떨면서,

---

* 주현절: 1월 6일의 축일. 예수가 30세 생일에 세례 요한에게 세례를 받고 하나님의 아들로 공적으로 증명받았음을 기념하는 날. 프랑스에서는 이날을 축하하기 위해 '갈레트 데 루아Galette des Rois'라는 커다란 빵을 먹는데, 잠두콩만 한 크기의 '페브'라는 자기 인형을 넣어 함께 굽는 것이 특징. 이 인형이 들어 있는 파이 조각을 먹는 사람은 하루 동안 왕이 되어 특별한 대접을 받는다.

굳은 염소젖으로 축축해진 엉덩이를 바싹 죄었다. 그는 손으로 얼굴을 가린 채 집으로 잽싸게 달려갔다. 텐은 그를 다시 만나게 되자 기뻐 어쩔 줄 몰라 하며 그의 주위에서 날뛰었다. 그러나 완전히 벌거벗고 몹시 허약해진 그를 보고 당황해하는 것 같았다.

13

로빈슨은 어린 시절의 놀랍고도 신기한 평화를 되찾기 위해 몇 번 더 동굴의 구멍 속으로 내려갔다. 그 속에서는 더 이상 시간도, 일과표도 존재하지 않았기 때문에 내려갈 때마다 그는 물시계를 정지시키곤 했다. 하지만 불안했다. 일전에 게으름이 그를 진흙탕 속으로 들어가게 했던 것처럼, 바위 구멍이 그를 유혹하는 것도 게으름 때문은 아닌지 스스로에게 물었다.

생각을 바꾸기 위해 로빈슨은 섬 도착 첫날부터 간직해 둔 쌀자루를 풀어 벼농사를 짓기로 결심했다. 그 일을 하기 위해서는 엄청난 준비와 노력이 필요하다는 것을 잘 알고 있었다. 그래서 지금까지 미루어온 것이다. 실제로 벼는 물이 있어야만 자랄 수 있고, 항상 물 높이가 유지되어야 하며, 필요할 경우 조절이 가능해야 한다. 그는 초원에 물을 대기 위해 하류에 보를 쌓고, 물이 들어오는 것을 막아서 초원을 말릴 수 있도록 상류에 물을 뺄 도랑을 설치해야 했다. 또한 둑을 쌓고 자유자재로 열고 닫을 수 있는 두 개의 수문 시설도 만들어야 했다. 이 모든 작업이 잘 이루어진다면 열 달 후에는 벼를 수확하고 방아를 찧느라 쉴 틈 없는 나날을 보내게 될 것이다.

논을 만드는 작업이 끝나고 볍씨를 뿌린 다음 물을 대었을 때, 로빈슨은 다시 한 번 자신이 왜 이 같은 수고를 해야 하는지 스스로에게 물었다. 만일 그가 혼자가 아니고 아내와 자식들이 있다면, 아니 동료가 한 명이라도 있다면, 일하는 이유를 찾을 수 있을 것 같았다. 그러나 그의 고독은 그 모든 노력을 무의미하게 만들었다.

그러자 눈물이 흘렀고 그는 다시 동굴 깊숙한 곳으로 내려갔다.

이번에는 어찌나 오래 머물렀는지 몸이 너무도 허약해져서 하마터면 다시 나오지 못하고 구멍 속에서 죽을 뻔했다. 그는 한 인간으로서 살기 위한, 그를 그토록 지긋지긋하게 하는 모든 일을 해치울 용기를 되찾을 수 있는 방법을 찾기 시작했다.

그는 아버지가 당시 미국의 철학자이고 학자이며 정치가

인 벤저민 프랭클린의 『달력』*을 읽게 했던 기억을 떠올렸다. 책에서 벤저민 프랭클린은 일해서 돈을 버는 사람들을 정당화하는 도덕적 교훈을 제시하고 있었다. 로빈슨은 언제나 눈에 보일 수 있도록 섬 도처에 그 교훈을 새김으로써 더 이상 낙담하지 않고 게으름을 극복하게 될 것이라고 생각했다.

예를 들면 그는 필요한 수만큼 작은 통나무를 잘라서 모래언덕에 박은 후 다음과 같은 말을 적어놓았다.

'가난은 인간에게서 모든 미덕을 앗아간다. 속이 빈 자루가 똑바로 서 있기란 어려운 것이다.'

동굴의 벽에는 일종의 모자이크처럼 돌멩이들로 다음과 같은 말을 새겼다.

'두번째 악덕이 거짓말하는 것이라면, 첫번째 악덕은 빚을 지는 일이다. 거짓말은 빚 위에 걸터앉기 때문이다.'

바윗돌 위에 여러 개의 작은 소나무 장작더미가 대마 밧줄로 묶인 채 언제라도 불타오를 준비가 되어 있었다. 거기에는 다음과 같은 말이 순서대로 배열되어 있었다.

'만약 악당들이 미덕의 온갖 장점을 안다면 못된 심보 때

---

* 『달력』: 벤저민 프랭클린이 발행한 『가난한 리처드의 달력*Poor Richard's Almanack*』(1732)을 말한다. 이 달력에는 날짜뿐만 아니라 서문과 함께 여백 곳곳에 교훈적인 내용의 금언이나 삶의 지혜가 담겨 있었다.

문에라도 덕을 행하는 사람이 되었을 것이다.'

다른 것들보다 훨씬 더 긴 경구譬句도 있었다. 그것은 142개의 철자로 이루어져 있었는데, 로빈슨은 우리 안에 있는 염소 한 마리 한 마리의 등에 난 털을 깎아서 한 글자씩 새겼다. 이 염소들이 움직이면서 우연히 글자를 순서대로 조합하여 경구가 만들어질 것이라고 생각했다. 그 경구는 다음과 같은 것이었다.

'암퇘지 한 마리를 죽이는 자는 그 암퇘지가 수천 세대의 후손을 태어나게 할 수도 있기 때문에 모든 암퇘지를 죽이는 자이다. 5실링 동전 하나를 소비하는 자는 산더미 같은 스털링 금화를 소비하는 자이다.'

이리하여 로빈슨은 다시 일하기 시작했다. 그런데 돌연 그는 두려움과 공포로 온몸을 떨었다. 푸른 하늘에 가느다란 한줄기 하얀 연기가 솟아오르고 있었던 것이다. 연기는 지난번과 같은 장소에서 피어오르고 있었다. 그러나 이번에는 섬 도처에 새겨놓은 글씨들을 보고서 인디언들이 그가 있는 곳을 찾아 내달릴 위험이 있었다. 그는 텐을 데리고 성채 쪽으로 달리면서 자신이 품었던 생각을 저주했다. 달리는 동안 그에게 불길한 징조라고 여겨지는 우스꽝스러운 사건이 하나 발생했다. 섬에서 흔히 볼 수 있는 숫염소 한 마리가 예상치 않은 요란한 소란에 놀라서 머리를 수그린 채 갑자기 달려든 것이다. 로빈슨은 가까스로 녀석을 피했지만, 텐은 외마디 소리를 지르며 고사리 덤불 속으로 공처럼 나뒹굴었다.

바윗덩어리들을 제자리에 굴려다놓고 통로 역할을 하는 다리를 걷어 올린 다음 텐과 함께 요새 안에 들어박힌 순간부터 로빈슨은 자신이 취해놓은 조치들이 합리적인가를 생각해보았다. 인디언들이 그의 존재를 눈치채고 성채를 공격하기로 결심했다면, 그들에게는 수적으로 우세하다는 것 말고도 기습할 수 있다는 장점도 있었기 때문이다. 반대로 자기들의 살인 의식에만 파묻혀 섬 안에 살고 있는 사람의 흔적 따위에는 아랑곳하지 않는다면 로빈슨에게 얼마나 큰 위안이 되겠는가! 그러자면 사태를 정확히 아는 것이 필요했다. 그는 그 점에 대해서 확실히 해두고 싶었다. 다리를 절름거리는 텐을 데리고 소총 한 자루를 집어 들고서 허리띠에는 권총을 찔러 넣은 다음, 해변을 살펴보기 위해 숲 속으로 들어갔다. 그러나 곧 만약의 경우 필요할지도 모를 망원경을 가지러 되돌아왔다.

이번에는 균형 잡는 장대가 달린 세 척의 카누가 모래 위에 나란히 놓여 있었다. 불 주위를 둘러싼 사람들의 동그라미는 첫번째보다 더 컸다. 망원경으로 그들을 살펴보던 로빈슨은 그들이 지난번과 같은 무리가 아니라는 걸 알았다.

이미 한 희생자가 큰 칼에 절단되었고, 두 명의 전사戰士는 장작불에 희생자의 살덩어리를 던지고 되돌아서는 참이었다. 그러나 바로 그때 예상치 못한 일이 생기고 말았다. 땅바닥에 웅크리고 있던 무당이 갑자기 몸을 일으켜 그들 가운데 한 남자에게 달려들었다. 앙상한 팔로 그를 가리키며 무당은 입을 크게 벌리고 로빈슨이 알아들을 수는 없지만 충분히 짐작할 수 있는 저주의 말을 마구 퍼부었다. 그러니까 오늘은 희생자가 한 명 이상이 될 모양이었다. 남자들이 눈에 띄게 머뭇거리는 것이 보였다. 마침내 그들 중 한 사람이 큰 칼을 손에 들고 지목당한 죄인에게로 다가가자 옆에 서 있던 두 사람이 죄인을 들어 올려 땅바닥에 내던졌다. 큰 칼로 한번 내리치자 허리에 두르고 있던 죄인의 가죽옷이 허공으로 날아갔다. 큰 칼이 다시 벌거벗은 몸뚱이를 내리치려는 순간, 그 가엾은 인디언은 벌떡 일어나 숲을 향해 내달렸다. 로빈슨의 망원경 속에서 그 사람은 제자리에서 펄쩍 뛰어오르는 듯했고, 다른 두 인디언이 그를 추격했다. 실제로 그는 놀라운 속도로 로빈슨 쪽을 향하여 곧장 달려오는 것이었다. 그는 다른 인디언들보다 키는 작았지만 훨씬 더 날씬했으며 달리기를 하기에 정말 안성맞춤의 몸매였다. 피부색은 더 짙어서 인디언보다는 흑인에 가까웠다. 아마 그가 죄인으로 지목된 데는 그런 이유도 있었을 것이다. 인간

집단에서는 다른 사람들과 닮지 않은 자는 늘 증오의 대상이 되는 법이기 때문이다.

그러는 동안 그는 로빈슨에게 점점 더 가까이 다가왔고, 두 명의 추격자와의 거리는 계속 벌어졌다. 로빈슨은 해변 쪽에서는 자신을 볼 수 없다고 확신했다. 그렇지 않았다면 그 인디언이 자기를 알아보고 도움을 청하러 달려오는 것이라고 믿었을지도 모른다. 어떤 결단을 내려야만 했다. 잠시 후면 세 명의 인디언이 코앞에 닥칠 것이고, 그들은 어쩌면 로빈슨을 제물로 삼아 화해하게 될지도 모른다. 바로 그때 텐이 해변 쪽을 향해 미친 듯이 짖어댔다. 망할 놈의 짐승 같으니라고! 로빈슨은 개에게 달려들어 목을 팔로 껴안고 왼손으로 주둥이를 움켜잡은 한편, 다른 한 손으로 소총을 간신히 어깨에 받쳐 들었다. 그는 이제 30미터 거리밖에 되지 않는 곳까지 다가온 첫번째 추격자의 가슴 한복판을 겨누고 방아쇠를 당겼다. 총알이 날아가려는 순간, 텐이 몸을 빼내려고 갑자기 발버둥 쳤다. 총알이 빗나가면서 놀랍게도 두번째 추격자가 포물선을 그리며 모래밭에 고꾸라졌다. 앞서 가던 인디언은 걸음을 멈추고 동료의 몸 아래로 몸을 숙였다가 고개를 들고 해변이 끝나는 지점까지 뻗어 있는 나무 장막을 살펴보았다. 그러더니 마침내 걸음아 나 살려라 하고 다른 인디언들이 모여 있는 쪽으로 도망쳐버렸다.

거기서 몇 미터 떨어진 곳, 난쟁이종려나무 덤불 속에서 목숨을 건진 인디언이 땅바닥에 이마를 조아린 채 손으로 더듬더듬 로빈슨의 발을 찾아 복종의 표시로 자기 목덜미 위에 얹어놓았다.

14

로빈슨과 인디언은 어두운 숲에서 들리는 모든 소리에 귀를 기울인 채 성채의 총안 뒤에서 밤을 보냈다. 두 시간에 한 번씩 로빈슨은 텐에게 사람의 기척이 나면 짖으라는 임무를 주고 정찰을 내보냈다. 그때마다 녀석은 아무런 위험 신호도 보내지 않고 되돌아왔다. 로빈슨이 걸치라고 준 낡은 선원용 바지를 허리에 둘러맨 인디언은 자신이 겪은 끔찍한 일과 지금 와 있는 곳에 보이는 놀라운 건축물에 얼이 빠진 듯 기력 없이 잠자코 있었다. 그는 로빈슨이 준 밀가루 전병엔 손도 대지 않고, 어디서 난 것인지 알 수 없는 야생 잠두콩만 쉴 새 없이 씹어대고 있었다. 날이 밝기 조금 전에 인디언은 같이 졸고 있던 텐을 껴안은 채 마른 잎사귀 더미 위에서 잠이 들었다. 로빈슨은 칠레의 어떤 인디언들이 밤의 추

위로부터 몸을 보호하기 위해 가축을 살아 있는 이불처럼 활용하는 습관이 있다는 사실을 알고 있었다. 그러면서도 그는 평소에 꽤나 성질이 사나운 텐이 잘 참고 있다는 점에 놀라지 않을 수 없었다.

혹시 인디언들이 다시 공격하기 위해 날이 밝기를 기다리는 것은 아닐까? 권총 한 자루와 소총 두 자루 그리고 지니고 다닐 수 있는 만큼 최대한의 화약과 총알로 무장한 채, 로빈슨은 성벽 밖으로 슬그머니 나가서 모래언덕들을 크게 우회하여 바닷가에 도착했다.

해변에는 아무도 없었다. 세 척의 카누와 배를 타고 왔던 사람들은 사라지고 없었다. 전날 총에 맞아 쓰러진 인디언의 사체도 치워지고 없었다. 오직 타다 남은 그루터기에 뼈들이 섞인 채로, 제사의 불을 피웠던 검은 자리만이 둥그렇게 남아 있을 뿐이었다. 로빈슨은 비로소 커다란 안도감을 느끼며 모래 위에 무기와 탄약을 내려놓았다. 엄청난 웃음이 신경질적이고 미친 듯이 억제할 수 없을 정도로 그를 뒤흔들었다. 숨을 돌리느라 웃음을 멈추었을 때 그는 '버지니아호'가 난파한 이후로 자신이 처음으로 웃었다는 사실을 알아차렸다. 드디어 동반자가 생겼기 때문에 다시 웃을 수 있었던 것일까? 순간 하나의 생각이 떠올라 갑자기 달리기 시작했다. '탈출호'! 그는 엄청난 실망감을 안겨주었던 그곳에 되돌아가는 일을 언제나 피했다. 하지만 그 작은 배는 틀림없이 거기에 머무르며 억센 팔들이 자신을 바닷가로 끌어내 주기만을 기다리고 있을 터였다. 어쩌면 인디언이 로빈슨을 도와서 '탈출호'를 물 위에 띄울 수도 있을 것이고, 그렇게 되면 주변 섬들에 대한 인디언의 지식은 큰 도움이 되어줄 것이다.

성채에 다가가면서 로빈슨은 인디언이 벌거벗은 채 텐과 놀고 있는 것을 보았다. 그는 미개인의 정숙하지 못함과 개와 그 녀석 사이에 생기기 시작한 듯한 친밀감에 은근히 부아가 치밀었다. 인디언에게 너무 크긴 했지만 자신의 바지를 입게 한 다음, 로빈슨은 그를 '탈출호' 쪽으로 이끌고 갔다.

금작화가 무성하게 자라나 있는 그 작은 배는 노란 꽃들의 바다 위에 떠 있는 것처럼 보였다. 돛대는 쓰러져 있었고, 갑판의 판자들은 습기 때문에 여기저기 떠들려 있었다. 하지만 선체는 아직 그대로였다. 두 남자를 앞장서가던 텐이 배 주위를 몇 바퀴 돌았다. 그러더니 개는 허리의 탄력을 이용해서 갑판 위로 뛰어올랐고, 갑판은 무게를 견디지 못하고 무너져버렸다. 로빈슨은 개가 겁을 먹고 비명을 지르면서 배 갑판 밑의 짐칸 속으로 사라지는 것을 보았다. 그는 배 옆으로 다가갔다. 텐이 갇힌 곳에서 빠져나오려고 발버둥을 쳤고 그때마다 갑판의 판자가 무너져 내렸다. 인디언은 뱃전에 손을 얹더니 로빈슨이 보는 앞에서 주먹을 쥐었다 폈다 했다. 인디언의 손에는 붉은 톱밥이 가득했고, 그것은 이내 바람 속으로 흩어졌다. 인디언이 웃음을 터뜨렸다. 로빈슨도 선체에 가벼운 발길질을 했다. 먼지가 구름처럼 허공으로 솟았고 배 옆구리에 커다란 구멍이 뚫렸다. 흰개미들이 '탈출호'를 완전히 갉아먹은 것이었다. 그 배로 할 수 있는 일이라곤 이제 아무것도 없었다.

15

로빈슨은 인디언을 뭐라고 부를지 오랫동안 생각했다. 그는 인디언이 세례를 받지 않았을 것이므로 기독교의 세례명을 붙여주고 싶지는 않았다. 결국 로빈슨은 인디언을 처음 만났던 요일의 이름을 붙여주기로 결심했다. 그리하여 섬의 두번째 주민은 '방드르디'*라 불리게 되었다.

몇 달이 지나자, 방드르디는 주인의 명령을 이해할 수 있을 만큼 영어를 충분히 익혔다. 그는 땅을 개간하고 밭을 갈며 씨를 뿌리는 방법을 배웠다. 또한 쇠스랑으로 땅을 고르고 모종을 내고 김을 매고 곡식을 거두고 타작을 하고 곡식을 빻고 반죽을 하고 빵을 굽는 방법을 배웠다. 그는 염소의

* 방드르디: 대니얼 디포의 『로빈슨 크루소』에 나오는 영어 이름 '프라이데이 Friday'나 이 책의 불어 이름 '방드르디Vendredi'는 모두 금요일이라는 뜻이다.

젖을 짜서 치즈를 만들고, 거북 알을 주워서 오믈렛을 만들며, 로빈슨의 옷을 깁고 구두를 닦는 법도 배웠다. 그는 전형적인 하인이 된 것이다. 저녁이면 그는 하인의 제복을 입고 총독의 식사 시중을 들었다. 그러고 나서 쇠로 된 상자 안에 숯불을 채워 주인의 침대를 따뜻하게 데웠다. 그런 다음에야 비로소 관사의 대문 앞에 짚더미를 깔고 텐과 함께 자리에 누웠다.

로빈슨은 일을 시키고 문명에 대해 빠짐없이 다 가르쳐줄 수 있는 상대가 생겨서 기뻤다. 방드르디는 이제 주인이 명령하는 것이면 무엇이나 좋고, 주인이 금지하는 것이면 무엇이나 나쁘다는 것을 알게 되었다. 로빈슨이 정해준 몫보다 더 많이 먹는 것은 나쁜 짓이었다. 파이프 담배를 피우고 벌거벗은 채 돌아다니고 할 일이 있을 때 숨어서 자는 것은 나쁜 짓이었다. 방드르디는 주인이 장군일 때 병사가 되고, 주인이 기도할 때 성가대 소년이 되고, 주인이 건물을 지을 때 석공이 되고, 주인이 여행할 때 짐꾼이 되고, 주인이 사냥할 때 몰이꾼이 되었으며, 주인이 잠들면 그의 머리맡에서 부채로 파리를 쫓는 법을 배웠다.

로빈슨이 기뻐하는 이유는 이것 말고도 또 있었다. 그는 이제 '버지니아호'에서 가져온 금화와 동전의 쓰임새를 발견한 것이다. 그는 방드르디에게 한 달에 반 파운드짜리 금화

하나씩을 급료로 지급했다. 방드르디는 그 돈으로 더 필요한 음식과 '버지니아호'에서 가져온 자질구레한 생활용품을 사거나 혹은 반나절의 휴식—한나절을 통째로 살 수는 없었다—을 샀다. 그는 휴식 시간이면 나무 사이에 그물 침대를 매달아 그곳에 누워 자유로운 한때를 보내곤 했다.

일요일은 당연히 일주일 가운데 가장 좋은 날이었다. 아침에 총독은 하인에게 왕홀*이나 주교의 지팡이를 닮은 막대기를 가져오게 하고, 어린 염소 가죽으로 만든 양산을 뒤에서 받쳐 들게 한 다음, 밭과 논, 과수원, 기르는 짐승, 공사 중인 건물을 살펴보면서 섬 전체를 근엄하게 순시하곤 했다. 그는 하인의 노고를 치하하거나 잘못된 일을 질책하였고, 다음 주에 처리할 임무를 지시하고 몇 년 동안의 계획을 세우기도 했다. 그런 다음 평소보다 더 느리게 더 맛있는 점심 식사를 했다. 오후가 되면 방드르디는 스페란차 섬을 청소하고 아름답게 꾸미는 일을 했다. 그는 길에 난 잡초를 뽑고 집 앞에 꽃씨를 심고 관상용으로 심은 나무의 가지들을 잘라냈다.

방드르디는 여러 가지 좋은 아이디어로 주인의 칭찬을 받을 줄도 알았다. 로빈슨의 가장 큰 골칫거리 가운데 하나

---

* 왕홀王笏: 왕이 지닌 권력을 상징하는 지휘봉.

는 부엌과 작업장의 오물과 쓰레기를 처치하되 독수리나 쥐가 들끓지 않게 하는 일이었다. 그런데 그는 도무지 방법을 찾아낼 수 없었다. 그 작은 육식동물들은 그가 땅속에 묻은 모든 것을 파헤쳐놓았고, 파도는 그가 바다에 던진 모든 것을 해변으로 되돌려 보냈다. 불을 질러서 없애려 하면 역겨운 연기가 피어올라서 집과 옷에 온통 냄새가 배었다.

방드르디는 집 근처에서 발견한 몸집이 큰 붉은 개미떼가 무엇이든 무섭게 파먹어대는 것을 발견하고 그것을 이용할 생각을 해냈다. 개미떼들은 개미집 한가운데에 놓인 쓰레기를 눈 깜짝할 사이에 먹어 치웠고, 살점이 깨끗하게 청소된 뼈들은 순식간에 바짝 말려진 상태로 모습을 드러냈다.

방드르디는 또한 로빈슨에게 볼라스 던지는 법을 가르쳐주었다. 볼라스란 남미에 널리 보급된 것으로 끈 세 개를 묶어서 끈의 끝마다 둥근 조약돌을 하나씩 매단, 별 모양의 무기이다. 솜씨 좋게 던지면 세 개의 뾰족한 끝이 달린 별처럼 원을 그리며 날아가다가, 어떤 물체에 부딪치는 순간 그것을 둘러싸면서 바짝 조여 묶는다.

방드르디는 볼라스를 던져 염소의 다리를 낚아채 붙잡은 다음, 젖을 짜거나 치료를 하거나 혹은 식용으로 쓰기도 했다. 그는 또한 로빈슨에게 볼라스를 이용해서 노루나 다리가 긴 새를 잡는 방법을 보여주었다. 마침내 방드르디는 더 큰 조약돌을 사용할 경우, 볼라스가 적의 목을 반쯤 조른 다음에 가슴을 짓이겨놓을 수 있을 정도로 끔찍한 무기가 될 수 있다는 사실을 확인시켜주었다. 인디언들이 다시 공격해오지나 않을까 늘 두려워하던 로빈슨은, 무기고에 소리도 나지 않고 교체하기도 쉬우면서 치명적인 무기를 하나 더 가질 수 있게 해준 방드르디가 여간 고마운 것이 아니었다. 그들은 모래밭에서 사람 크기만 한 나무둥치를 표적으로 삼아 오랫동안 연습을 했다.

마침내 그 인디언은 로빈슨과 자신을 위해 자기 부족의 것과 흡사한 카누를 만들 생각을 했다. 그는 우선 폭이 넓고 매우 반듯한 소나무의 둥치 속을 도끼로 파내기 시작했다. 로빈슨이 열에 들떠 성급하게 '탈출호'를 만들었던 것과는 반대로, 방드르디는 차분하게 천천히 작업을 했다. 자신의 실패 때문에 아직도 기분이 상한 로빈슨은 이 일에 전혀 간섭하지 않고 동반자의 작업을 지켜보기만 했다. 방드르디는 처음에 그가 파내고자 하는 부분 아래에 불을 놓아서 작업을 아주 빨리 진척시키려 했다. 그러나 만일 나무에 불이 붙을 경우 모든 것을 망쳐버릴 위험이 있으므로, 오로지 칼만 써서 작업을 마치기로 했다.

마침내 작업이 마무리되었다. 완성된 카누는 방드르디가 머리 위로 번쩍 들어 올릴 수 있을 정도로 가벼웠다. 방드르디는 나무로 만든 두건을 뒤집어쓴 것처럼 카누를 어깨에 둘러메고 바닷가로 내려갔다. 텐은 방드르디 주위에서 깡충깡충 뛰었고, 기분이 언짢았던 로빈슨은 멀리 뒤처진 채 따라갔다. 하지만 그 작은 배가 파도 위에서 춤을 추기 시작하자 로빈슨은 질투심을 버리지 않을 수 없었다. 그는 방드르디 뒤에 자리를 잡고 앉아 방드르디가 삼나무 가지로 만든 짧고 넓적한 두 개의 노 가운데 하나를 잡았다. 그런 다음 그들은 처음으로 배편을 이용하여 섬을 한 바퀴 돌았다. 멀리 해변에서는 텐이 그들을 따라 짖어대면서 뒤를 쫓아왔다.

16

겉으로 보기엔 모든 일이 순조로웠다. 섬은 경작지와 가축, 과수원, 날이 갈수록 늘어가는 건물과 더불어 햇살을 받으며 번영하고 있었다. 방드르디는 쉬지 않고 일을 했고, 로빈슨은 주인이 되어 그를 부렸다. 늙어가는 텐은 날이 갈수록 점점 더 길게 낮잠을 잤다.

그러나 사실 그들 모두는 지루해하고 있었다. 방드르디는 감사의 마음으로 순종하고 있었다. 그는 자신의 목숨을 구해준 로빈슨의 마음을 기쁘게 해주고 싶었다. 하지만 방드르디는 이 모든 조직과 법률, 정해진 방식에 따라 치러야 하는 일들을 전혀 이해하지 못했고, 땅을 갈아 농사를 짓고 가축을 기르고 집을 짓는 이유도 도무지 알 수가 없었다. 로빈슨이 그에게 유럽의 문명국가에서는 이런 식으로 산다고 아무리 설명해줘도 소용없었다. 그에게는 태평양의 무인도에서 왜 그와 똑같이 해야 하는지 납득이 가지 않는 모양이었다. 로빈슨에게 이 섬은 자기 삶의 역작이지만, 방드르디에게는 너무 잘 관리된 이 섬을 마음속 깊이 인정하기 어려웠다. 분명히 방드르디는 최선을 다하고 있었다. 하지만 그는 자유 시간이 주어지기가 무섭게 늘 어리석은 짓만 골라 했다.

이를테면 그는 동물들을 전혀 이해할 수 없는 방식으로 대했다. 로빈슨에게 동물이란 유용하거나 유해하거나 둘 중 하나였다. 쓸모 있는 동물은 잘 번식할 수 있도록 보호받아야 했고, 해로운 동물은 가장 신속하게 없애버려야 했다. 그런 사실을 방드르디에게 이해시키기란 불가능했다. 때때로 방드르디는 이롭든 해롭든 상관하지 않고 아무 동물에게나 터무니없을 만큼 정열적인 우정을 표시하는가 하면, 어떤 때는 동물들을 끔찍할 정도로 잔인하게 학대했다.

그런 식으로 그는 쥐 한 쌍을 키워서 길들이려 했다. 텐조차도 방드르디가 그 끔찍한 동물을 보호하고 있기 때문에 가만히 내버려둬야 한다는 것을 이해할 정도였다. 로빈슨이 그 동물을 치워버리기까지는 여간 힘이 든 것이 아니었다. 어느 날, 그는 쥐들을 카누에 싣고 나가서 바다에 던져버렸다. 그러나 쥐들은 해변으로 헤엄쳐 와서는 다시 집으로 돌아왔다. 로빈슨은 이번에는 잘 마른 판자와 함께 쥐들을 싣고 갔다. 그리고 판자 위에 쥐들을 올려놓은 다음, 그것을 바다에 띄웠다. 갑자기 임시로 만들어진 배에 매달리게 된 쥐들은 해변으로 되돌아오기 위해 물속으로 감히 뛰어들지 못했고 파도를 타고 저 멀리 실려가 버렸다. 방드르디는 이 일에 대해 아무 말도 하지 않았다. 하지만 로빈슨은 그가 그 사실을 알고 있다고 생각했다. 어쩌면 모든 과정을 지켜본 텐이 그동안 일어났던 일을 그에게 일러바쳤는지도 모르는 일이었다.

어느 날 방드르디는 몇 시간 동안 모습을 보이지 않았다. 로빈슨이 막 그를 찾아 나서려던 참에 해변 쪽 나무들 뒤에서 연기가 솟구쳐 오르는 것을 보았다. 섬에서 불을 피우는 것이 금지되어 있지는 않았지만, 규정에 따르면 미리 불을 피우는 장소와 시간을 총독에게 보고해야 했다. 그것은 언제라도 되돌아올 수 있는 인디언들이 치르는 살인 의식에서의 불과 혼동을 피하기 위해서였다. 방드르디가 로빈슨에게 미리 보고하지 않은 것은 틀림없이 그가 하고 있는 일이 로빈슨의 마음에 들지 않는 일일 가능성이 높다는 것을 의미했다.

로빈슨은 한숨을 내쉬며 자리에서 일어나 휘파람으로 텐을 부른 다음 바닷가 쪽으로 걸어갔다.

로빈슨은 방드르디가 하고 있는 희한한 작업이 무엇인지 곧장 이해할 수 없었다. 그는 몹시 뜨거운 잿더미 위에 큰 거북이 한 마리를 뒤집어서 올려놓았다. 거북이는 죽지 않은 상태였다. 거북이는 네발을 허공에 쳐든 채 미친 듯이 버둥대고 있었다. 심지어 로빈슨은 약간 목쉰 기침 소리 같은 거북이의 비명을 들은 것 같았다. 거북이를 그처럼 울부짖게 하다니! 악령을 뒤집어쓰지 않고서야 어찌 태연하게 그 짓을 할 수 있단 말인가! 로빈슨은 거북이의 등껍질이 펴지더니 거의 평평하게 되면서 자연적으로 몸에서 떨어지는 것을 보고서야 이 끔찍한 행동의 목적이 무엇인지를 알 수 있었다. 그러는 사이 방드르디는 칼로 등껍질에 여전히 붙어 있던 몸집 안쪽을 도려냈다. 갑자기 거북이가 등껍질을 땅바닥에 남겨두고 한쪽으로 몸을 굴렸다. 거북이는 네발을 딛고 몸을 일으켜 세우더니 바다를 향해 달리기 시작했다. 텐은 짖어대며 그 뒤를 쫓아갔다. 거북이는 파도 속으로 사라졌다.

"잘못 생각했지. 내일이면 게들이 다 뜯어먹어 버릴 텐데" 하고 방드르디가 태연하게 말했다.

그런 다음 방드르디는 활 모양으로 휜 큰 쟁반 같은 등껍질 안쪽을 모래로 문지르기 시작했다.

"이것은 방패입니다. 우리 부족은 이런 식으로 방패를 만들어요. 어떤 화살도 이 방패를 뚫지는 못할 겁니다. 커다란 볼라스조차도 이 방패를 깨지 못하고 튕겨 나갈 겁니다" 하고 그는 로빈슨에게 설명했다.

로빈슨은 이 방패 사건에서 보여준 방드르디의 잔인성에 정나미가 떨어졌다. 그러나 얼마 후 그는 방드르디가 자신이 기르기로 한 동물에 대해서는 얼마나 친절하고 헌신적인지를 볼 수 있는 기회가 생겼다.

어느 날 방드르디는 어미가 버린 새끼 독수리 한 마리를 안고 왔다. 이 독수리는 머리가 큼직하고 두 눈은 툭 튀어나왔으며 둔중한 두 다리로 절뚝거리며 걸었고, 털이 빠져 비틀어진 작은 몸뚱이는 흉측하기 그지없었다. 이놈은 누군가가 접근할 때마다 꽥꽥 소리를 지르며 엄청나게 큰 부리를 쭉쭉 벌렸다.

방드르디는 신선한 고기 조각을 녀석에게 던져주기 시작했는데 녀석은 덩어리를 게걸스럽게 삼켰다. 그러나 방드르디의 지극한 보살핌에도 불구하고 새끼 독수리는 얼마 지나지 않아 병든 기색을 나타냈다. 녀석은 하루 종일 졸기만 했고, 빈약한 솜털 아래의 모래주머니는 단단한 공처럼 튀어나왔다. 사실 녀석은 너무 신선한 고기를 소화시킬 능력이 없었던 것이다. 다른 방법을 찾아내야 했다. 방드르디는 염소 내장을 햇볕에 널어놓고 썩혔다. 이윽고 악취가 나는 그

내장 속에서 통통하고 하얀 구더기들이 들끓기 시작했다. 방드르디는 구더기를 조개껍데기에 담았다. 그리고 자기 입에 털어 넣더니 씹고 또 씹었다. 마침내 그는 진하고 하얀 즙을 새끼 독수리의 부리 속으로 흘려 넣었다.

"살아 있는 벌레는 너무 싱싱해요. 이 새는 병들었거든요. 그러니 씹고 씹어야 돼요. 새끼 새를 위해서는 씹고 또 씹어야 돼요."*

그 장면을 지켜본 로빈슨은 혐오감으로 배 속이 뒤집히는 것 같았고 토하지 않기 위해 자리를 떴다. 그러나 마음속으로는 한 동물을 돕기로 결심했을 때 방드르디가 보이는 헌신적인 노력에 탄복하지 않을 수 없었다.

* (지은이) 둥지에서 떨어진 새끼 새에게 먹이를 주려면, 무엇이든 잘 씹어서 줘야 한다. 물론 구더기까지 먹일 필요는 없다. 고기나 햄 또는 삶은 달걀도 아주 좋은 먹이가 된다.

17

방드르디가 나타난 이후로 로빈슨은 동굴의 구멍 속으로 내려가지 않았다. 새로운 동반자 덕분에 섬에서의 생활과 노동 그리고 여러 의식들이 그런 종류의 마약에 몸과 마음을 빼앗기지 않을 정도로 자신을 충분히 즐겁게 해줄 것이라고 기대했다.

어느 보름날 밤, 잠에서 깬 로빈슨은 다시 잠을 이룰 수 없었다. 밖에는 바람 한 점 없었고, 전혀 움직임이 없는 나무들은 평소처럼 문밖에서 엉켜 자고 있는 방드르디와 텐처럼 잠이 든 것 같았다. 로빈슨은 지극히 달콤한 행복감에 사로잡혀 있었다. 사실 밤이기 때문에 해야 할 일도 의식도 없었고, 총독이나 장군 복장을 할 필요도 없었다. 간단히 말해서 휴가였다. 로빈슨은 이 밤이 끝나지 않고, 언제까지

나 휴가가 계속되었으면 하고 생각했다. 하지만 곧 날이 밝아올 것이고, 모든 걱정거리와 임무들이 그를 기다리고 있을 터였다. 그는 조용히 일어나 물시계를 정지시키러 갔다. 그러고 나서 문을 열고 방드르디와 텐의 몸을 타 넘어, 밤이 절대로 끝나지 않고 꿈이 영원히 지속되는 동굴 속을 향하여 걸어갔다.

다음 날 아침, 로빈슨이 보이지 않자 방드르디는 깜짝 놀랐다. 주인이 그를 깨우지 않았기 때문에 그는 평소보다 두 시간 더 잤고, 그래서 기분이 매우 좋았다. 무엇을 할 것인가? 물론 양배추에 물을 주고, 염소젖을 짜며, 동굴 앞의 커다란 삼나무 꼭대기에 짓기 시작한 작은 관측 초소를 마저 끝내야 했다. 그러나 로빈슨이 보이지 않았기 때문에 백인에 대한 그의 모든 의무는 사라졌다. 이제 오직 자신의 인디언 기질에만 따르면 됐다. 그의 시선이 로빈슨의 탁자 밑에 놓인 궤짝에 가서 멈추었다. 궤짝은 닫혀 있었지만 자물쇠가 채워진 것은 아니어서 그 속에 무엇이 들어 있는지 그도 살펴본 적이 있었다. 그는 상자를 바닥으로 끌어내서 어깨 위에 번쩍 둘러멨다. 그러고는 텐과 함께 밖으로 나왔다.

섬의 북서쪽, 대초원이 끝나고 모래밭이 시작되는 곳에 아주 기이한 모습을 띤 선인장들이 활짝 펴 있었다. 그것은 공 모양, 라켓 모양, 꼬리 모양, 나팔 모양의 가시가 비쭉 솟은 초록빛 고무 마네킹의 행렬 같았다.

방드르디는 어깨를 아프게 짓누르고 있던 궤짝을 땅바닥에 팽개쳤다. 그러자 뚜껑의 돌쩌귀가 깨지면서 진귀한 옷과 보석 들이 선인장 밑으로 뒤죽박죽 형형색색으로 쏟아져 흩어졌다. 방드르디는 그 화려한 옷들을 걸칠 생각조차 하지 못했다. 그는 얼핏 인간의 형상을 하고 있는 이 선인장들에게 옷을 입히면 재미있겠다고 생각했다. 그래서 그는 한 시간 넘게 사람만큼 큰 이 괴상한 식물들 위에 먼저 소매 없는 망토, 숄, 모자를 씌우고, 이어서 옷, 바지, 장갑을 끼운 다음, 마지막으로 팔찌, 목걸이, 귀걸이, 왕관 모양의 보석 장식 등을 달았다. 그리고 살아 있는 듯한 착각을 더하기 위해 상자 밑바닥에서 찾은 작은 양산, 안경, 부채를 꺼내서 선인장을 꾸몄다. 일을 마친 다음 방드르디는 자기가 만든 작품들, 즉 귀부인, 고위 성직자, 우두머리 하인, 괴상망측한 괴물 들을 바라보았다. 화려하게 치장한 그들은 몸을 꼬며 서로에게 절을 하고, 움직이지는 않으나 환상적인 발레를 추고 있는 듯했다. 그는 소리 높여 크게 웃었고, 제자리에서 팔짝팔짝 뛰면서 그 터무니없는 남자 인형과 여자 인형들의 흉내를 냈다. 한편 텐도 그를 따라 즐겁게 짖어대며 껑충껑충 뛰어올랐다. 이윽고 방드르디는 옷을 입은 선인장 무리에게 등을 돌리고 해변과 맞닿은 모래언덕 지대를 향해 나아갔다.

화창한 날씨였다. 방드르디는 해변의 깨끗하고 하얀 모래 위를 달리면서 행복한 듯 노래를 불렀다. 찬란한 태양 아래 개와 단둘이서 얼마나 멋있고 솔직하며 즐거운 시간을 보내고 있는지! 또한 귀찮고 따분한 로빈슨에게서 멀리 떨어져 마음 내키는 대로 하니 얼마나 자유로운지! 방드르디는 엷은 보라색, 파란색, 또는 얼룩덜룩한 반점이 있는 조약돌을 주웠다. 그것들은 선인장에 걸어놓은 크고 복잡한 보석들보다 사실성과 단순성 측면에서 훨씬 아름다웠다. 그가 뒤따라오던 텐에게 조약돌을 던지자 녀석은 짖으면서 그 돌을 다시 물어다놓았다. 이번에는 나무 조각을 바다에 던졌다. 그러자 텐은 파도 속으로 쏜살같이 달려가서 네발로 물을 차며 나아가 그 조각을 물고 오려 했지만, 부서지는 파도에 밀려 방드르디에게 다시 돌아왔다.

그들은 그렇게 놀다가 물거울처럼 햇살을 받아 반짝이는 논 근처에 이르렀다. 방드르디는 납작한 돌 하나를 집어 수면 위에 던지는 물수제비 놀이를 했다. 돌은 일곱 개의 물수제비를 뜨고는 물 파편 없이 가라앉았다. 그런데 방드르디가 예상하지 못한 일이 일어났다. 텐이 돌을 찾으러 논으로 뛰어내린 것이다. 텐은 한 20미터쯤 달려가다가 멈췄다. 물이 너무 얕아서 헤엄을 칠 수가 없었던 것이다. 녀석은 진흙

속에서 어쩔 줄 몰라 하며, 뒤로 돌아서 방드르디 쪽으로 다시 오려고 안간힘을 썼다. 한번 펄쩍 뛰어서 진흙 속에서 빠져나오기는 했지만 다시 더 무겁게 빠져들어 갔다. 녀석은 미친 듯이 움직이며 발버둥 치기 시작했다. 진흙에 묻혀 죽을 판이었다. 방드르디는 더럽고 위험한 물 위로 몸을 수그렸다. 뛰어들어 텐을 구할 것인가? 그러나 그는 마음을 고쳐먹고, 물 빼는 수문 쪽으로 달려갔다. 그는 수문 첫째 구멍에 막대기를 끼우고 그것을 지렛대 삼아 힘껏 들어 올렸다. 수문 건너편에서 물이 거품을 내기 시작했고, 논의 수면이 급격히 낮아졌다. 몇 분 후 논은 완전히 바닥을 드러냈다. 벼농사는 망쳤지만 텐은 기어서 둑 아래까지 도달할 수 있었다. 방드르디는 개가 물속에서 몸을 씻도록 내버려둔 채 춤을 추며 숲을 향해 걸어갔다.

18

로빈슨이 동굴 속에서 거의 서른여섯 시간을 보내고 나왔을 때 방드르디는 보이지 않았다. 그러나 그는 그다지 놀라지 않았다. 오직 텐만이 그를 문지방에서 충직하게 기다리고 있었다. 그 불쌍한 개는 뭔가 죄를 지은 듯이 난처한 기색이었다. 텐은 우선 '버지니아호'에서 가져온 가장 아름다운 옷과 온갖 보석 들이 널린 선인장 공원으로 안내했다. 그리고 햇빛에 물이 말라버려 일 년 농사가 망쳐진 논으로 로빈슨을 인도했다. 로빈슨은 무척 화가 났다. 혹시나 하는 희망으로 그는 논의 배수구를 막고 급수로를 열었다. 벼가 다시 살아날지 누가 알겠는가? 그런 다음 그는 가진 것 가운데 가장 아름다운 옷과 보석 들을 선인장에서 하루 종일 거둬들였다. 손가락에는 수많은 가시가 박혔다. 그는 자신에게도 약간의 책임이 있다는 생각에 더욱 화가 났다. 그가 동굴 속으로 내려가지 않았더라면 이런 일은 결코 발생하지 않았을 테니까.

다음 날, 그는 방드르디를 찾아 나서기로 했다. 그의 분노가 진정되었고, 동반자가 계속 보이지 않아 걱정이 되었기 때문이다. 그는 텐의 도움을 받아 원시림을 샅샅이 수색했다. 방드르디를 찾아내야 한다는 사실을 잘 이해한 텐은 덤불 속을 샅샅이 훑어보고 잡목림 속으로 들어가서 방드르디의 체취를 더듬어 추적했다. 그리고 뭔가를 발견하면 짖어서 로빈슨에게 알렸다. 결국 텐은 숲 속의 빈터에서 방드르디의 비밀 캠프로 보이는 곳을 발견했다. 먼저 두 나무 사이에 칡덩굴을 엮어 만든 그물 침대가 보였다. 침대 안에는 베개 하나와 마른 나뭇잎으로 만든 매트리스가 놓여 있었다. 공중에 매달려 있는 그 침대는 '매우' 편안해 보였다. 그 아래에는 나뭇가지들을 동여매서 만든 안락의자가 있었고 의자에는 짚을 엮어 만든 우스꽝스러운 인형 하나가 앉아 있었다. 인형의 머리는 나무로 만들어졌고 긴 머리카락은 라피아야자를 활용한 것이었다. 말하자면 방드르디는 외로움을 달래기 위해 약혼녀를 만든 것이었다. 마지막으로 로빈슨은 그물 침대에 작고 재미있는 물건들이 누우면 손이 닿는 거리에 매달려 있는 것을 보았다. 그것들은 모두 쓸모 있으면서도 재미있는 것들로 인디언이 낮잠을 즐길 때 즐겁고 상쾌하게 하는 데 쓰이는 물건인 듯했다. 갈대 피리, 입으로 불어 화살을 쏘게 만든 통, 북아메리카 인디언들의 것과 같은 깃털로 만든 머리쓰개, 작은 화살들, 말린 뱀가죽, 일종의 소형 기타 따위도 있었다. 로빈슨은 자기가 없어도 방드르디가 그처럼 행복하고 즐거운 시간을 보내고 있다는 것에 놀랐고 질투심까지 느꼈다. 그러니 그가 매일 방드르디에게 부과한 모든 노동과 의무가 무슨 소용이 있었단 말인가?

방드르디는 이제 그리 멀지 않은 곳에 있을 것이다. 갑자기 텐이 담쟁이덩굴로 덮인 목련나무 숲 앞에서 걸음을 멈췄다. 그러더니 두 귀를 쫑긋 세우고 목을 쳐들고 한 걸음 한 걸음 나아가는 것이었다. 그는 어떤 나무둥치에 코를 갖다 댄 채 꼼짝도 하지 않았다. 그때 나무둥치가 흔들리면서 방드르디의 웃음소리가 터져 나왔다. 인디언은 나뭇잎과 꽃으로 만든 모자로 머리를 숨기고 있었던 것이다. 그는 온몸에 제니파푸—줄기를 비비면 초록색 물감을 얻을 수 있는 풀—의 즙으로 허벅지와 몸통을 따라 감고 올라가는 잔가지와 잎을 그려 넣어 나무로 변장하고 있었다. 이처럼 식물 인간으로 둔갑한 채 깔깔대고 웃으며 그는 로빈슨의 주위를 빙빙 돌면서 승리의 춤을 추었다. 그러더니 바다를 향해 전속력으로 달려가서 파도로 몸을 씻었다.

19

생활은 다시 본래의 리듬을 회복했다. 로빈슨은 여전히 섬의 총독이자 장군인 양 행세했다. 방드르디는 섬의 문명을 유지하기 위해 고되게 일하는 척했다. 오로지 텐만이 낮잠을 자는 척하지 않고 하루 종일 잠을 잤다. 개는 늙어가면서 점점 더 뚱뚱해지고 동작이 굼떠졌다.

방드르디는 새로운 취미를 찾아냈다. 로빈슨이 반 데셀 선장의 담배통과 기다란 도자기 파이프를 감춰둔 곳을 찾아낸 것이다. 기회 있을 때마다 그는 담배를 피우러 동굴 안으로 들어갔다. 만일 로빈슨이 그 사실을 안다면, 틀림없이 호되게 벌을 받을 것이다. 담배 저장량이 거의 바닥나고 있었으니까 말이다. 담배를 피우는 것은 로빈슨이 아주 특별한 경우에만 드물게 즐기는 기쁨이었다.

그날, 로빈슨은 썰물로 드러난 낚싯줄을 살펴보려고 해변으로 내려갔다. 방드르디는 그 틈을 타서 담배통을 옆구리에 끼고 동굴 깊숙이 들어가 자리를 잡았다. 그곳에다가 그는 곡식 자루와 화약통 들을 이용해 일종의 긴 의자를 만들었다. 그 위에 몸을 반쯤 뒤로 눕힌 채로 파이프를 입에 대고 길게 한 모금 빨았다. 그가 푸른 연기를 내뿜자 연기는 동굴 입구로 스며든 희미한 빛 속에 퍼졌다. 파이프를 다시 한 모금 빨아들이려는 순간, 멀리서 외치는 소리와 개 짖는 소리가 그가 있는 곳까지 들려왔다. 로빈슨이 예정보다 일찍 돌아와서 위협적인 목소리로 그를 찾고 있었다. 텐이 계속 짖어대고 채찍 소리도 울렸다. 로빈슨이 채찍을 꺼내든 것이다. 결국 담배통이 없어진 것을 그가 알았단 말인가? 방드르디는 자리에서 일어나 벌을 받으러 나가다가 갑자기 걸음을 멈췄다. 손에 아직 쥐고 있는 이 파이프를 어떻게 할까? 그는 파이프를 화약통이 쌓여 있는 동굴 깊숙한 쪽으로 힘껏 던졌다. 그런 다음 용감하게 로빈슨 앞으로 나아갔다. 로빈슨의 얼굴에는 성난 기운이 가득했다. 방드르디를 보자 그는 채찍을 쳐들었다. 바로 그때 사십 통의 화약이 폭발했다. 동굴에서 시뻘건 불꽃 소용돌이가 치솟아 올랐다. 로빈슨은 자신의 몸이 위로 쳐들렸다가 휘말려가는 것을 느꼈고, 동굴 위의 바위 더미가 집짓기 놀이의 조각들처럼 차례

대로 무너져 내리는 것을 바라보면서 정신을 잃었다.

20

로빈슨이 눈을 뜨자 가장 먼저 어떤 얼굴 하나가 자기를 굽어보는 것이 보였다. 방드르디는 왼손으로 그의 머리를 받쳐 들고 오른손을 오목하게 만들어서는 찬물을 담아 그의 입에 흘려 넣으려고 애썼다. 그러나 로빈슨이 이를 악물고 있었으므로 물은 입 주위와 수염 속으로, 가슴 위로 흘러내렸다.

　인디언은 그가 움직이는 것을 보자 미소를 띠며 몸을 일으켰다. 그러자 찢어지고 검게 그을린 윗옷 한 조각과 바짓가랑이 하나가 땅에 떨어졌다. 그는 웃음을 터뜨리며 몇 번 몸을 비틀더니 나머지 옷마저 벗어 던졌다. 그러고 나서 깨져 엉망이 된 집 안의 물건들 속에서 거울 한 조각을 집어 들고는 얼굴을 찡그리며 들여다보다가 또 한 번 웃음을 터뜨리며 로빈슨에게 건네주었다. 상처를 입지는 않았지만 로빈슨의 얼굴은 그을음으로 더럽혀졌고, 멋진 붉은 수염은 반쯤 타버렸다. 이번에는 로빈슨이 자리에서 일어나 몸에 들러붙어 있는 그을린 옷 조각들을 뜯어냈다. 그는 서너 발자국쯤 옮겨 보았다. 그을음과 먼지와 흙이 온몸을 두껍게 덮고 있을 뿐 그다지 대단한 상처는 없었다.

집은 횃불처럼 타오르고 있었다. 요새의 성벽이 주위에 파놓은 구덩이 속으로 무너져 내렸다. 기도실, 판매대, 가축 우리, 돛대 달력실 등 모든 건물이 폭발로 엉망진창으로 파괴되었다. 두 남자가 이 침통한 광경을 멍하니 바라보고 있을 때 흙 한 덩어리가 100미터가량 떨어진 곳에서 하늘로 치솟더니, 또 한 번의 끔찍한 폭발이 그들을 다시 땅바닥에 던져버렸다. 이어서 조약돌과 뿌리 뽑힌 나무들이 탁탁 소리를 내며 그들 주위에 우박처럼 쏟아졌다. 그것은 로빈슨이 멀리서 삼으로 엮은 줄을 당겨 폭발을 조종할 수 있도록 길에 묻어둔 폭약 가운데 하나였다.

훨씬 가까운 곳에서 일어난 두번째 폭발로 몹시 놀란 염소들이 한꺼번에 반대편으로 달아나면서 가축우리의 울타리를 부숴버렸다. 염소들은 이제 미친 듯이 온 사방으로 내달았다. 녀석들은 섬 안의 여기저기로 흩어져 야생 상태로 되돌아가 버릴 것이다.

동굴 입구는 무너진 바윗덩이들로 막혀버렸다. 이런 무더기 가운데 하나가 혼돈 위에서 수직으로 치솟아 섬과 바다를 내려다볼 수 있는 멋진 전망대 역할을 하고 있었다. 로빈슨은 주위를 둘러보며 닫혀버리기 전에 동굴이 토해놓은 물건들을 무심코 주워 모았다. 총구가 비틀린 소총 한 자루와 구멍 난 부대 자루들, 찌그러진 바구니들. 방드르디도 그를 따라 했다. 그러나 그는 로빈슨처럼 주운 물건들을 삼나무 밑에 가져다놓기는커녕 완전히 부숴버리고 있었다. 로빈슨은 그런 방드르디를 내버려두었지만, 녀석이 항아리 바닥에 남아 있던 얼마 안 되는 밀을 여기저기 흩뿌리는 것을 보고는 온몸이 부르르 떨렸다.

날이 저물었다. 마침내 그들은 깨지거나 상한 데 없이 말짱한 물건 하나—망원경—를 찾아냈다. 그 직후 그들은 어떤 나무 밑에 죽어 있는 텐의 사체를 발견했다. 방드르디가 조심스럽게 텐을 만졌다. 언뜻 보아 부러진 데는 없었다. 상처가 난 것 같지도 않았다. 가엾은 텐! 몹시 늙었지만 얼마나 충실했던가! 텐은 단순히 폭발의 공포로 죽은 것 같았다.

바람이 일었다. 그들은 함께 바다로 가서 몸을 씻고 야생 파인애플 하나를 나눠 먹었다. 로빈슨은 그것이 배가 난파된 후 섬에서 먹은 최초의 음식이었다는 생각을 했다. 그들은 잠을 청하기 위해 커다란 삼나무 밑에 가서 누웠다.

로빈슨은 삼나무의 검은 가지 사이에 걸려 있는 달을 바라보면서 곰곰이 생각했다. 그가 섬에서 이룩한 모든 것, 경작지, 가축의 사육, 건축물, 동굴에 비축해놓았던 곡식 들이 방드르디의 실수로 사라져버렸다. 그러나 그는 방드르디를 원망하지 않았다. 사실 로빈슨도 오래전부터 이 지겹고 귀찮은 관리에 대해 진저리가 났지만 때려 부술 용기가 없었던 것이다. 이제 그들은 둘 다 자유로워졌다. 로빈슨은 호기심을 가지고 앞으로 일어날 일을 생각했다. 그는 이제부터 이 세계를 이끌어갈 사람은 방드르디라는 것을 깨달았다.

그는 계속 생각에 잠겨 하늘을 바라보았다. 바로 그때 그는 갑자기 달이 매우 빠른 속도로 나뭇가지 뒤로 미끄러져 갔다가 다른 쪽으로 다시 나타나는 것을 보았다. 곧이어 달이 멈추더니 곧장 어두운 하늘로 사라지기 시작했다. 그 순간, 끔찍하게 큰 소리가 천지를 진동했다. 로빈슨과 방드르디는 자리에서 벌떡 일어났다. 달이 움직인 것이 아니라 나무가 쓰러지고 있었던 것이다. 폭발의 충격으로 뿌리가 뒤흔들린 거대 삼나무가 세찬 밤바람을 견디지 못한 것이다. 나무가 숲 속에 쓰러지면서 그 아래에 있던 수십 그루의 작은 나무들을 으스러뜨렸고, 땅은 거대한 나무둥치의 충격으로 온통 뒤흔들렸다.

21

방드르디는 낮잠을 길게 자는 것으로 새로운 생활을 시작
했다. 그는 바닷가의 종려나무 두 그루 사이에 칡덩굴로 짠
그물 침대를 만들어 그 속에서 하루를 보냈다. 그가 어찌나
꼼짝하지 않던지 새들이 근처 나뭇가지에 와 내려앉기도
했다. 그러면 그는 새들을 화살통으로 때려잡았다. 저녁이
면 그런 방식으로 사냥─분명히 그것은 세상에서 가장 게
으른 사냥 방식이었다─한 새를 로빈슨과 구워 먹었다.

　한편 로빈슨도 완전히 변화하기 시작했다. 이전에 그의
머리는 거의 삭발에 가깝게 아주 짧았다. 반면 수염은 길어
서 할아버지 같은 인상을 주었다. 그는 폭발로 손상된 수염
을 잘라버렸고, 머리는 자라는 대로 내버려둬서 온통 황금
빛 고수머리가 되었다. 그는 훨씬 더 젊어 보였으며 방드르

디와 형제처럼 보였다. 그는 더 이상 총독 같은 모습을 애써 갖추지 않았다. 장군 같은 면모는 더더욱 아니었다.

그의 몸 역시 달라졌다. 그는 항상 뜨거운 햇볕을 두려워했다. 다갈색 머리였기 때문에 더 그랬다. 어쩌다 햇볕에 나갈 때면 머리부터 발끝까지 몸 전체를 가리고 모자를 썼으며 염소 가죽으로 만든 커다란 양산을 사용하는 것도 잊지 않았다. 그래서 그의 피부는 털 뽑힌 암탉처럼 희고 연약했다.

방드르디에게서 용기를 얻어 로빈슨은 이제 햇볕에 몸을 드러내기 시작했다. 처음에는 부끄러워 몸을 움츠렸고 보기 흉해 감추려 했다. 그러나 차츰차츰 그의 모습이 피어났다. 피부는 단단해졌고 구릿빛으로 변했다. 지금은 툭 튀어나온 가슴과 울퉁불퉁한 근육을 자랑스러워했다. 그는 방드르디와 함께 온갖 종류의 놀이를 하곤 했다. 모래사장에서 달리기 시합을 했고, 수영과 높이뛰기 그리고 볼라스 던지기를 겨루었다. 로빈슨은 그의 동반자에게서 물구나무서서 걷는 법을 배웠다. 처음에는 바위에 기댄 채 '물구나무서기'를 했다. 그러다 조금씩 바위에서 발을 떼고는, 방드르디의 박수갈채를 받으며 힘겹게 걸음을 옮겼다.

무엇보다도 로빈슨은 방드르디가 하는 행동을 바라보고 관찰하면서 태평양의 무인도에서 어떻게 살아가야 하는가를 배웠다.

예를 들면 방드르디는 활과 화살을 만드는 데 오랜 시간을 보냈다. 그는 먼저 개암나무, 자작나무, 자단紫檀류의 작은큰키나무 그리고 코파이바 같은 부드럽고 연한 나무로 단순한 모양의 활을 깎았다. 그런 다음 칠레에서 하는 방법대로 더욱 강하고 오래 견딜 수 있는 합성合成 활—여러 재료들로 구성된— 을 만들었다. 그는 단순한 모양의 활에 숫염소 뿔의 얇은 조각을 동여맴으로써 나무의 탄력성을 더 강화시켰다.

그러나 그가 가장 공을 많이 들인 것은 화살이었다. 활의 힘을 끊임없이 세게 하는 것은 점점 더 긴 화살을 날려 보내기 위해서였다. 이리하여 그는 1미터 50센티미터에 이르는 화살을 만들었다. 화살은 화살촉과 화살대 그리고 화살 깃의 세 부분으로 이루어진다. 방드르디는 화살대를 날카로운 돌의 날 위에 올려놓고 가늠하면서 세 요소의 균형을 잡기 위해 많은 시간을 보냈다. 화살의 성능을 높이기 위해서는 화살촉과 화살 깃의 무게 비율이 매우 중요했다. 방드르디는 새의 깃털이나 종려나무의 잎을 활용해서 화살에 최대한 많은 깃을 달았다. 한편 그는 돌이나 금속이 아니라 뼈, 특히 염소의 견갑골로 화살촉을 만들었다. 그는 뼈를 작은 날개 모양으로 파서 화살촉을 만들었다. 로빈슨은 방드르디가 새나 토끼를 관통할 수 있는 정확하고 강력한 화살을 원하기보다는 가능한 한 더 높이, 더 멀리 그리고 더 오랫동안 날아가는 화살을 만드는 데 목적이 있다는 것을 분명히 알 수 있었다. 그는 동물을 죽이기 위해 화살을 쏘는 것이 아니라, 화살이 갈매기처럼 하늘을 나는 걸 보는 기쁨을 얻기 위해 화살을 쏘아 올리는 것이었다.

바닷바람이 강하게 불어 파도가 양떼구름처럼 하얗게 거품이 일던 어느 날, 로빈슨은 태양을 향해 똑바로 시위를 당기는 방드르디를 지켜보고 있었다. 방드르디는 앨버트로스의 큰 날개에서 뽑아낸 50센티미터에 가까운 깃털을 꽂은 특별히 긴—2미터도 넘는—화살을 집어 들었다. 그는 숲을 향해 45도 각도로 기울여 힘차게 화살을 잡아당겼다. 활시위가 늦춰지더니 팔목을 보호하기 위해 왼쪽 팔뚝에 묶어둔 가죽 완장을 후려쳤다. 화살은 적어도 100미터는 되는 높이에까지 날아올랐다. 화살은 거기서 잠시 머뭇거리는 듯하더니 해변 쪽으로 떨어지지 않고 바람에 실려 숲을 향해 날아갔다. 화살이 숲 언저리의 나무들 뒤로 사라지자 방드르디는 돌아서서 로빈슨을 보며 활짝 웃었다.

"화살이 나뭇가지들 속으로 떨어질 테니 넌 그걸 다시 찾지 못할걸" 하고 로빈슨이 말했다.

"나는 그걸 다시 찾지 못할 거야. 그렇지만 그건 화살이

절대로 땅에 떨어지지 않기 때문이지" 하고 방드르디가 말
했다.

22

로빈슨은 폭발 사건 전에는 방드르디에게 자신이 요크의 가족에게서 배웠던 방식대로 요리하도록 시켰다. 섬 생활 초기엔 장작불에 고기를 구워 먹을 수밖에 없었다. 얼마 지나지 않아 그는 당시에 영국인들이 가장 좋아하던 삶은 쇠고기와 비슷한 요리법을 사용했다. 하지만 지금은 방드르디가 아라우칸족의 요리법이나 혹은 그가 만들어낸 단순한 요리법을 가르쳐주었다.

방드르디 역시 잘 먹는 것이 중요했지만, 로빈슨처럼 언제 어디서 먹느냐를 중요하게 생각하지 않았고 취사도구가 필요하지도 않았다. 아무튼 폭발 때 섬에 있던 접시와 냄비는 모두 못쓰게 되었다. 예를 들면 방드르디는 그들이 먹는 새요리 대부분을 '점토'로 익혔다. 그것은 닭이나 그 외의 다른 날짐승을 익히는, 가장 간단하고 재미있는 방식이었다.

방드르디는 새의 내장을 들어내고 배 속에 소금과 후추를 넣었다. 간혹 마음이 내키면 향기로운 풀이나 고기, 야채를 다져서 약간 넣었지만 꼭 필수는 아니었다. '그는 깃털을 전혀 뽑지 않았다.' 그런 다음 그는 우선 촉촉한—너무 물기가 많아서도 안 되지만 쉽게 반죽하고 모양을 만들 수 있을 만큼 적당히 촉촉한—점토를 준비해서 아주 편편하고 넓적하게 폈다. 그리고 그걸로 새를 둘둘 말고 반죽으로 단단히 붙여 꼭 싸서, 크기에 따라 큼직한 알이나 럭비공 같은 점토 덩어리를 만들었다. 점토의 두께는 1~3센티미터가량 되어 보였다. 그는 조그마한 구덩이를 파고 굵은 나무로 불을 피웠다. 숯이 많이 필요했기 때문이다. 불이 활활 타오르자 그는 구덩이 속 숯불 한가운데에 점토 덩어리를 놓았다. 그런 후 한두 시간 정도 불을 계속 지폈다. 점토는 도자기처럼 굳어서 단단해졌다. 점토 덩어리가 완전히 단단해지면 그것을 구덩이에서 꺼내 깨뜨렸다. 깃털은 점토에 들러붙어 모두 빠졌고, 고기는 화덕에서 요리한 것처럼 연하고 맛있게 구워졌다.

이 과정에서 특히 방드르디를 흡족하게 한 것은 고기를 감싸며 구워진 점토 덩어리를 깨뜨리기만 하면 되기에 설거지를 따로 할 필요가 없다는 점이었다.

새의 알을 요리할 때, 로빈슨은 주로 끓는 물에 알을 넣어서 반숙이나 완숙으로 만들어 먹었다. 방드르디는 그에게 냄비와 물 없이도 요리할 수 있는 방법을 가르쳐주었다. 그는 뾰족하고 작은 막대기로 알을 이쪽에서 저쪽으로 뚫어 꿴 다음 불 위에 놓고 돌려서 굽는, 일종의 '알 꼬치'를 만들었다.

로빈슨은 훌륭한 요리사란 고기와 생선을, 그리고 소금과 설탕을 섞어서는 안 된다고 늘 생각했다. 그러나 방드르디는 그것들을 때때로 섞을 수 있으며, 경우에 따라서는 그 맛이 좋을 수도 있다는 것을 그에게 보여주었다. 예를 들면 멧돼지 고기를 굽기 전에 칼끝으로 고기에 깊게 구멍을 내고 그 속에 싱싱한 굴이나 홍합을 집어넣었다. 굴이나 홍합이 들어간 고기는 맛이 아주 달콤했다.

단맛과 짠맛을 섞는 것처럼 그는 생선 요리에 파인애플을 얹기도 하고, 토끼 요리에 자두를 곁들이기도 했다. 무엇보다도 방드르디는 로빈슨에게 설탕을 만드는 법을 알려주었다. 방드르디는 가운데가 아랫부분이나 꼭대기보다 굵고 볼록한, 요컨대 볼링 핀 같은 모양의 종려나무를 그에게 보여주었다. 그 나무를 쳐서 잎을 자르면 진하고 달콤한 진액이 흐르는 것을 볼 수 있다. 그런 다음 햇볕 아래 놔두고 수액이 나오는 꼭대기는 아랫부분보다 '높게' 두어야 한다. 수액이란 보통 나무둥치를 '타고 올라가는' 속성이 있기 때문에 그리 놀라운 일은 아니다. 수액이 나오는 작은 구멍이 막히지 않도록 나무의 잘린 면을 정기적으로 손질해주어야 한다. 그러면 당밀은 몇 달 동안 흘러나올 수 있다.

방드르디는 이 설탕 즙액에 열을 가하면 캐러멜처럼 된다는 것을 로빈슨에게 보여주었다. 그는 과일뿐만 아니라 고기와 생선에도 설탕 즙액을 발라서 꼬챙이에 꿰어 구웠다.

23

그러나 처음으로 로빈슨과 방드르디가 다툰 것도 요리한 음식 때문이었다. 전에는—폭발 사건이 있기 전에는—그들 사이에 다툼 같은 것은 있을 수 없는 일이었다. 로빈슨이 주인이었으니 방드르디는 복종하면 되었다. 로빈슨은 방드르디를 꾸짖어 나무라거나 심지어 때릴 수도 있었다. 그러나 지금 방드르디는 자유로운 신분이 되어 로빈슨과 동등해진 이상, 이제 그들은 서로 화를 내며 다툴 수 있었다.

방드르디가 커다란 조개껍데기 속에 메뚜기를 곁들여서 토막 낸 뱀 요리를 준비했을 때 그런 일이 일어났다. 과연 며칠 전부터 그는 로빈슨을 짜증나게 하고 있었다. 누군가와 단둘이 살 때, 상대를 짜증나게 하는 것보다 더 위험한 일은 없다. 로빈슨은 전날 거북이 살코기에다가 블루베리를 먹고 소화불량에 시달렸다. 그런데 이번에는 방드르디가 왕뱀과 벌레로 만든 잡탕을 그의 코밑에 들이댄 것이다. 로빈슨은 구역질이 나는 것을 참을 수가 없어서 그 큰 조개껍데기를 속에 담긴 것과 함께 발로 걷어차서 모래 위에 쏟아버렸다. 몹시 화가 난 방드르디는 그것을 집어서 두 손 번쩍 로빈슨의 머리 위로 쳐들어 올렸다.

두 친구는 싸울 것인가? 그렇지 않았다. 방드르디는 도망쳐버렸다.

두 시간 후, 로빈슨은 그가 마네킹처럼 생긴 무엇인가를 거칠게 질질 끌면서 돌아오는 것을 보았다. 머리는 야자열매로, 팔과 다리는 대나무 줄기로 만든 것이었다. 특히 그것은 로빈슨의 낡은 제복을 입혀 만든, 일종의 새 쫓는 허수아비 같았다. 방드르디는 선원 모자를 씌운 야자열매에다가 친구의 얼굴을 그려놓았다. 그는 마네킹을 로빈슨 옆에 갖다 세웠다.

"스페란차 섬의 총독인 로빈슨을 소개하지" 하고 그가 로빈슨에게 말했다.

그런 다음 그는 땅바닥에 내동댕이쳐진 더럽고 텅 빈 조개껍데기를 집어 들더니 고함을 지르면서 야자열매에 대고 문질렀다. 야자열매는 부러진 대나무들 가운데로 푹 쓰러졌다. 곧이어 방드르디는 웃음을 터뜨리면서 로빈슨에게 다가와 껴안았다.

로빈슨은 그 이상한 희극의 교훈을 이해했다. 어느 날, 방드르디가 종려나무에 붙어사는, 살아 있는 굵은 벌레들에다가 개미 알을 발라 먹는 것을 보고 몹시 화가 난 로빈슨은 바닷가로 나갔다. 그는 젖은 모래에다가 배를 깔고 엎드린 사람의 모습을 만들고 해초로 머리털을 붙여 달았다. 구부리고 있는 한쪽 팔에 가려 얼굴이 보이지 않았지만, 벌거벗은 갈색 몸뚱이는 방드르디와 거의 흡사했다. 로빈슨이 그의 작품을 완성할 무렵 방드르디는 종려나무 벌레를 아직도 입속에 가득 넣고 씹으면서 내려왔다.

"뱀과 벌레를 먹는 방드르디를 소개하지" 하고 로빈슨은 그에게 모래상을 가리키며 말했다.

그러고 나서 로빈슨은 개암나무 가지를 하나 꺾어서 잔가지와 잎사귀를 제거한 다음, 바로 그런 목적으로 만들었던 '모래 방드르디'의 등짝과 볼기짝을 후려치기 시작했다.

그때부터 그들은 넷이서 그 섬에 살았다. 진짜 로빈슨과 대나무 인형, 진짜 방드르디와 모래상. 그들 두 친구는 상대에게 하고 싶은 모든 못된 짓—욕설, 때리기, 화내기—을 상대의 모습을 한 가짜 인형에다 대고 했다. 그들 두 사람 간에는 오직 친절한 행동만이 있었다.

24

그렇지만 방드르디는 두 사람의 가짜 인형으로 하는 놀이
보다 훨씬 흥미진진하고 신기한 놀이를 또 만들어냈다.

어느 날 오후, 그는 유칼리나무 아래서 낮잠을 자고 있던
로빈슨을 거칠게 흔들어 깨웠다. 그는 이상한 변장을 하고
있었는데 로빈슨은 그 의미를 즉각 알아차리지 못했다. 그
는 누덕누덕 기운 헌 옷을 바지랍시고 다리에 꿰고 있었고,
어깨에는 짧은 윗옷을 걸치고 있었다. 머리에 밀짚모자를
쓰고도 종려나무 잎으로 만든 작은 양산을 받치고 있었다.
무엇보다도 그는 두 뺨에다 목화솜으로 만든 가짜 수염을
달고 있었다.

"내가 누구인지 알겠나?" 하고 그는 로빈슨 앞을 위엄 있
게 걸으면서 물었다.

"몰라."

"난 영국의 요크 시에서 온 로빈슨 크루소야. 야만인 방드르디의 주인이지!"

"그럼 나는? 나는 누구지?" 하고 어안이 벙벙해진 로빈슨이 물었다.

"알아맞혀 봐!"

로빈슨은 이제 방드르디를 너무 잘 알고 있어서 그가 말을 하지 않아도 무엇을 원하는지 알아차릴 수 있었다. 로빈슨은 자리에서 일어나 숲 속으로 사라졌다.

만약 방드르디가 로빈슨, 즉 노예 방드르디의 주인인 예전의 로빈슨이라면, 이제 예전의 노예였던 방드르디가 될 사람은 로빈슨밖에는 없었다. 실제로 그에게는 폭발 사건이 있기 전에 반듯하게 다듬었던 수염도, 짧게 자른 머리도 사라지고 없었다. 이제 그의 모습은 방드르디와 너무 비슷해져서 과거 방드르디의 역할을 수행하는 데 어려울 것이라곤 아무것도 없었다. 그는 그저 피부색을 갈색으로 만들기 위해 얼굴과 몸에 야자열매의 즙을 바르고, 방드르디가 이 섬에 도착하던 날 입고 있던 아라우칸족의 가죽 치마를 허리에 둘러매기만 하면 되었다. 그러고 나서 그는 방드르디 앞에 다시 나타나 이렇게 말했다.

"자, 내가 방드르디다!"

그러자 방드르디는 그가 알고 있는 가장 수준 높은 영어로 긴 문장을 만들려고 노력했고, 로빈슨은 방드르디가 영어를 전혀 모르던 시절에 그에게 배웠던 몇 마디 아라우칸족 말로 대답했다.

"나는 사악한 귀신을 쫓아내기 위해 너를 제물로 바치려 했던 네 부족 사람들로부터 너의 목숨을 구해주었다" 하고 방드르디가 말했다.

이내 로빈슨은 땅바닥에 무릎을 꿇고 미친 듯이 고맙다고 중얼거리면서 머리가 땅에 닿도록 절을 했다. 그리고 방드르디의 발을 잡아서 자신의 목덜미 위에 얹어놓았다.

그들은 자주 이 놀이를 하곤 했다. 시작하라는 신호를 하는 쪽은 언제나 방드르디였다. 그가 가짜 수염을 붙이고 작은 양산을 들고 나타나기만 하면 로빈슨은 곧 자기 앞에 로빈슨이 있다는 것을, 그리고 자신이 방드르디 역할을 해야 한다는 것을 알아차렸다. 그들은 결코 없던 장면을 꾸며내서 연기를 하지 않았고, 다만 방드르디가 겁먹은 노예이고 로빈슨이 엄격한 주인이었을 때 실제로 있었던 과거의 일화들만을 연기해 보였을 뿐이다. 그들은 옷을 입힌 선인장, 물이 빠져 말라버린 논, 화약통 옆에서 몰래 파이프 담배를 피운 사건들을 재현했다. 그러나 그 어떤 장면보다도 방드르디가 마음에 들어 한 것은 맨 처음, 자기를 제물로 바치려하던 아라우칸족을 피해 달아났을 때 로빈슨이 그를 구해 주는 장면이었다.

로빈슨은 이 놀이가 방드르디의 마음을 따뜻하고 편안하게 해준다는 것을 알았다. 노예 시절의 생활에 대한 우울한 추억에서 그를 놓아주었기 때문이다. 그것은 로빈슨에게도 유쾌한 놀이였다. 왜냐하면 그는 늘 방드르디에게 자신이 가혹한 주인이었다는 것에 다소 양심의 가책을 느끼고 있었기 때문이다.

25

어느 날, 방드르디는 작은 통 하나를 어깨에 메고 산책에서 돌아왔다. 그는 도마뱀을 잡으려고 모래를 파헤치다가 옛 성채 근처에서 그것을 발견했다.

한참을 생각한 끝에 로빈슨은 자신이 두 통의 화약을 땅속에 묻어놓은 다음, 삼으로 엮은 줄로 연결해 멀리 성채에서도 그것을 당겨 폭발시킬 수 있도록 장치해두었다는 것을 기억해냈다. 폭발 사건 때 두 개의 화약통 가운데 하나만이 폭발했던 모양이다. 방드르디는 나머지 한 개를 찾은 것이다. 로빈슨은 방드르디가 그것을 발견하고 행복해하는 것을 보고 놀랐다.

"이 화약으로 우리가 뭘 할 수 있겠어? 우리에겐 이제 소총이 없다는 걸 너도 잘 알잖아?"

대답 대신에 방드르디는 칼끝을 뚜껑의 틈새에 밀어 넣어 화약통을 열었다. 그러고는 손을 통 속에 넣어 화약 한 줌을 집더니 불 속에 던졌다. 로빈슨은 폭발할까 봐 두려워 뒤로 물러났다. 폭발은 일어나지 않았고, 다만 커다란 초록빛 불꽃이 돌풍이 일듯 솟아올랐다가 곧 사라졌다.

"이걸 봐. 소총은 화약을 태우는 데 가장 아름답지 못한 방식이야. 소총 속에 갇힌 화약은 소리를 지르고 심술궂지만 자유롭게 내버려두면 아름답고 얌전하지" 하고 방드르디가 설명했다.

그런 다음 그는 화약 한 줌을 불 속에 던져보라고 로빈슨에게 권했다. 로빈슨이 그것을 던지자 불꽃이 일어났고 동시에 방드르디는 그 불꽃과 함께 춤이라도 추듯 공중으로 뛰어올랐다. 그들은 이 놀이를 되풀이했다. 그때마다 커다란 초록 불꽃의 휘장이 움직여 펼쳐졌고, 각각의 휘장마다 로빈슨과 방드르디의 검은 실루엣이 다른 모양으로 나타났다.

얼마 후 그들은 화약을 이용한 다른 놀이도 생각해냈다. 먼저 송진을 채취해서 작은 단지에 모은 다음, 그렇지 않아도 불이 잘 붙는 송진을 화약과 섞었다. 이렇게 해서 그들은 엄청나게 인화성이 강한 점착성의 검은 반죽을 얻었다. 그들은 이것을 절벽 가장자리에 있는 죽은 나무둥치와 가지

에 발랐다. 해가 저물고, 그들은 나무에 불을 붙였다. 그러자 나무 전체가 요동치는 황금 껍질로 뒤덮였고, 그것은 아침까지 커다란 촛대처럼 타올랐다.

그들은 며칠 동안 남은 화약을 '불반죽'으로 만들어 섬의 모든 죽은 나무에 칠했다. 그리고 지루하고 잠이 오지 않는 밤이면 함께 나가서 나무에 불을 붙였다. 그것은 그들의 비밀스러운 밤의 축제였다.

26

폭발 사건으로 섬이 파괴되기 전 몇 해 동안 로빈슨은 방드르디에게 영어를 가르치려고 무척 노력했다. 그의 교육 방식은 간단했다. 그는 방드르디에게 데이지를 가리키며 이렇게 말했다.

"데이지."

그러면 방드르디는 "데이지" 하고 따라 했다.

로빈슨은 불완전한 그의 발음을 자주 고쳐주곤 했다. 그는 방드르디에게 새끼 염소, 칼, 앵무새, 햇빛, 치즈, 돋보기, 옹달샘을 가리키면서 천천히 발음했다.

"새끼 염소, 칼, 앵무새, 햇빛, 치즈, 돋보기, 옹달샘."

그러면 방드르디는 그를 따라 말했고, 그 단어들이 입안에서 정확하게 발음될 때까지 끊임없이 반복했다.

끔찍한 폭발 사건이 일어났을 무렵, 방드르디는 이미 로빈슨이 내리는 명령을 이해하고 주위의 물건들에 이름을 붙일 만큼 영어를 상당히 알고 있었다. 그러던 어느 날, 방드르디는 풀 속에서 팔락거리는 하얀 얼룩을 가리키며 이렇게 말했다.

"데이지."

"그래, 그건 데이지야" 하고 로빈슨이 대답했다.

그러나 그가 말을 끝내기가 무섭게 데이지는 날개를 팔락이며 날아가 버렸다.

"이봐! 우리가 틀렸어. 그것은 데이지가 아니라 나비였어" 하고 로빈슨이 바로잡았다.

"하얀 나비야. 그건 날아다니는 데이지야" 하고 방드르디가 로빈슨의 말에 대꾸했다.

폭발 사건이 있기 전, 로빈슨이 섬과 방드르디의 주인이었을 때라면 화를 냈을 터였다. 그는 방드르디로 하여금 꽃은 꽃이고 나비는 나비라는 식으로 인정하도록 강요했을 것이다. 그러나 지금 그는 아무 말 없이 곰곰이 생각에 잠겼다.

얼마의 시간이 흐르고, 로빈슨과 방드르디는 바닷가를 거닐고 있었다. 하늘은 구름 한 점 없이 푸르렀으나, 아직은 매우 이른 아침이어서 서쪽 하늘에서 희고 둥근 달 표면을 볼 수 있었다. 조개를 줍고 있던 방드르디가 맑고 깨끗한 모래밭에서 하얗고 둥근 얼룩 모양의 조그마한 자갈을 주워 로빈슨에게 보여주었다. 그러더니 손으로 달을 가리키며 로빈슨에게 이렇게 말했다.

"내 말 좀 들어봐. 달이 하늘의 조약돌이야? 아니면 이 작은 조약돌이 모래의 달이야?"

그러고는 로빈슨이 이 별난 질문에 대답하지 못하리라는 것을 미리 알고 있다는 듯이 웃음을 터뜨렸다.

그 후 얼마 동안 날씨가 좋지 않았다. 검은 구름이 섬을 뒤덮더니 곧이어 비가 쏟아지기 시작했다. 나뭇잎들이 토닥토닥 소리를 내고, 바다 표면에서 무수히 작은 버섯 모양의 거품이 피어올랐고, 바위에서는 빗물이 줄줄 흘러내렸다. 방드르디와 로빈슨은 나무 밑으로 몸을 피했다. 그런데 갑자기 방드르디가 뛰쳐나가더니 쏟아지는 비에 몸을 맡겼다. 그는 얼굴을 뒤로 젖히고 빗물이 뺨을 타고 흘러내리도록 내버려두었다. 그리고 로빈슨에게 다가와 말했다.

"자, 보라고. 모든 사물이 슬퍼서 울고 있어. 나무도 울고 바위도 울고 구름도 울고 있다고. 나도 그들과 함께 우는 거야. 우, 우, 우! 비는 섬과 세상의 모든 슬픔을 나타내지."

로빈슨도 방드르디의 말을 이해하기 시작했다. 달과 조약돌, 눈물과 비처럼 별로 상관이 없는 사물들이 서로 헷갈릴 만큼 닮을 수 있다는 것을, 그리고 모호한 표현이긴 하지만

이 사물에서 저 사물로 옮겨갈 수 있다는 것을 조금씩 인정하기 시작했다.

로빈슨은 방드르디가 '다섯 번의 언급으로 그리는 아라우칸식 초상화'의 놀이 규칙을 설명해주었을 때 그 놀이에 완전히 빠져들었다. 예를 들면 방드르디는 다음과 같이 수수께끼를 냈다.

"이것은 너를 가만히 흔들어 재우는 어머니이고, 너의 수프에 소금을 치는 요리사이며, 너를 포로로 잡아두고 있는 군대이고, 바람이 불면 화를 내고 울부짖으며 발을 구르는 커다란 짐승이며, 햇빛을 받아 반짝이는 수천 개의 비늘을 가진 뱀의 껍질이야. 이것은 뭐지?"

"그건 바다야." 로빈슨이 알아맞혔다.

놀이의 규칙을 이해했다는 것을 보여주기 위해 이번에는 그가 방드르디에게 문제를 냈다.

"이것은 두 남자가 마치 벼룩처럼 숨어 있는 거대한 털북숭이이고, 바다의 커다란 눈 위에 찌푸리는 눈썹이고, 짙은 파란색 위에 약간 초록빛을 띠고 있는 것이고, 짠물이 대부분이지만 민물도 조금 있으며, 닻을 내린 채 항상 움직이지 않고 있는 한 척의 배야. 이것은 뭐지?"

"그건 우리의 섬인 스페란차야" 하고 방드르디가 소리쳤다. 그리고 이번에는 자기가 다시 다른 수수께끼를 냈다.

"그것이 나무였다면 엷은 황갈색 털로 줄기를 덮는 종려 나무였을 거야. 그것이 새였다면 목이 쉰 듯한 울음소리 때문에 태평양의 까마귀였을 거야. 그것이 내 몸의 일부분이었다면 나의 오른손을 돕는 충실함 때문에 나의 왼손이었을 거야. 그것이 물고기였다면 날카로운 이빨 때문에 칠레산 곤들매기였을 거야. 그것이 과일이었다면 두 개의 작은 갈색 눈 때문에 두 개의 개암이었을 거야. 이것은 뭐지?"

"그건 우리들의 착한 개, 텐이야. 나는 엷은 황갈색 털, 그가 짖는 소리, 충실함, 날카로운 송곳니, 옅은 갈색의 작은 눈이란 말을 듣고 그것이 텐이란 걸 알았지" 하고 로빈슨이 대답했다.

그러나 방드르디가 죽은 텐에 대한 추억을 떠올리게 했기 때문에 로빈슨은 슬픔이 밀려왔고, 목이 메어 말을 이을 수가 없었다.

방드르디도 그것을 눈치채고 자신의 실수를 뉘우쳤다.

27

어느 날 아침, 방드르디는 자신의 이름을 부르는 로빈슨의 목소리에 잠에서 깨어났다. 그는 자리에서 벌떡 일어나 주위를 둘러보았으나 아무도 보이지 않았다. 그러나 꿈을 꾸고 있는 것은 아니었다. 갑자기 그가 자고 있던 작은 나무의 가지에서, 즉 그의 머리 바로 위에서, 다시 한 번 그를 부르는 소리가 들려왔다.

"방드르디! 방드르디!"

그는 일어나서 작은 나무의 잎사귀를 샅샅이 뒤졌다. 바로 그 순간 초록색과 회색 털빛이 섞인 새 한 마리가 그들이 거의 가지 않는 작은 숲을 향해 약을 올리듯 날개를 치며 달아났다.

그는 진상을 명백하게 파악하고 싶어서 새가 날아간 쪽

을 향해 걸어갔다. 오랫동안 찾아 헤맬 필요도 없었다. 섬에서 가장 아름다운 백합나무에 괴상한 모양의 커다란 열매들이 매달려 있었는데, 자세히 보니 그것은 앵무새의 둥지들이었다.

방드르디는 오후에 로빈슨을 데리고 다시 그곳으로 갔다. 앵무새들은 백합나무의 가지 위에서 요란하게 재잘거리고 있었다. 그러나 녀석들은 두 사람이 다가오는 것을 보자 갑자기 소리를 죽였다. 정적이 흐르는 가운데 방드르디와 로빈슨은 나무 아래서 걸음을 멈췄다.

"난 이 섬에서 앵무새를 본 적이 없어. 녀석들은 틀림없이 그리 멀지 않은 다른 섬에서 알을 낳으려고 한꺼번에 몰려온 걸 거야" 하고 로빈슨이 말했다.

방드르디는 대답하기 위해 입을 뗐지만, 앵무새들이 동시다발적으로 다시 재잘거리기 시작해서 차마 말을 이을 수가 없었다. 한 녀석이 "본 적이 없어, 본 적이 없어, 본 적이 없어"라고 소리치자, 다른 녀석이 "다른 섬, 다른 섬, 다른 섬"이라고 반복했고, 세번째 녀석이 "한꺼번에 몰려온, 한꺼번에 몰려온, 한꺼번에 몰려온"이라고 따라 했다. 그리고 가장 가까운 나뭇가지에 앉아 있던 한 무리의 초록 빛깔 새들이 그 세 마리 앵무새의 귀에 대고 "그리 멀지 않은, 그리 멀지 않은, 그리 멀지 않은"이라는 말을 되풀이했다.

앵무새가 내는 소리에 귀가 멍멍해진 방드르디와 로빈슨은 바닷가의 커다란 소나무 숲까지 도망쳤다.

"내가 난파를 당한 이래로 목소리가 내는 소음 때문에 방해를 받은 것은 처음이야." 로빈슨이 그동안의 고독을 회상하며 소리쳤다.

"목소리가 내는 소음, 목소리가 내는 소음, 목소리가 내는 소음!" 가장 가까운 소나무 가지에서 앵무새 한 마리가 날카로운 소리로 짖어댔다.

그들은 더 멀리, 젖은 모래 위로 파도가 부서지는 바닷가까지 도망쳐야 했다.

그때부터 로빈슨과 방드르디가 말을 주고받기란 정말 어려운 일이 되었다. 그들이 몇 마디라도 나눌라치면 즉각 가까운 덤불이나 소관목에서 비웃는 듯한 목소리가 그들의 말을 따라 함으로써, 그들이 더 이상 대화할 수 없게 했기 때문이다. 몹시 화가 난 로빈슨은 자리를 옮길 때마다 막대기를 들고 다니면서 소리가 들려오는 방향을 향해 미친 듯이 던지곤 했다. 그러나 막대기는 결코 앵무새를 맞히지 못했고, 대부분 그때마다 비웃음 비슷한 소리를 지르며 달아나는 앵무새를 쳐다볼 뿐이었다.

방드르디가 며칠 후에 이렇게 말했다.

"사실 난 이것이 좋은 교훈이라고 생각해. 우리는 말을 너무 많이 해. 말한다는 것이 항상 좋은 것만은 아니야. 나의 부족인 아라우칸들 사이에서는 현명한 사람일수록 말을 덜해. 말을 많이 할수록 덜 존경받지. 가장 말을 많이 하는 동물은 원숭이고, 사람 중에서 가장 말을 많이 하는 건 어린이들과 노파들이야."

그리고 그는 발아래에서 메아리쳐 되돌아오는 "어린이들, 어린이들, 어린이들" 하는 소리에 더 이상 신경 쓰지 않았다. 그는 가장 중요한 몇 가지를 표현할 수 있는 간단한 수화를 로빈슨에게 알려주었다.

우선 이런 몸짓이나 손짓은

'나는 졸리다'를 뜻한다.

이것은

'배고파'를 뜻한다.

이것은

'목말라'를 뜻한다.

다음은 두 친구가 말을 하지 않고도 서로 알아들을 수 있는 또 다른 몸짓이나 손짓들이다.

조심해!

떠나야 해!

숨어야 해!

비가 올 것 같아.

날씨가 더울 거야.

저기 새 한 마리가 있어.　　　　저기 멧돼지 한 마리가 있어.

　이런 식으로 로빈슨과 방드르디는 몇 주 동안 말을 하지 않고 수화만으로 의사소통하며 지냈다. 앵무새의 알이 부화하고 어린 새끼들이 나는 법을 배운 어느 날 아침, 어미와 새끼 앵무새들이 모두 바닷가에 모여 재잘거리더니 해가 떠오르는 순간 일시에 먼 바다를 향해 날아갔다. 두 친구는 사과처럼 둥글고 푸르스름하며 거대한 새떼 구름 한 점이 점점 작아지다가 이내 수평선 너머로 사라지는 것을 보았다.

　로빈슨과 방드르디는 다시 입 밖으로 소리 내어 말하기 시작했다. 그들은 다시 그들 자신의 목소리를 들을 수 있어서 무척 행복했다. 그러나 그 경험은 행복하고 유익한 것이었기 때문에, 그 후에도 자주 서로의 동의하에 입을 다물고 수화로만 대화를 나누곤 했다.

28

로빈슨이 우리 안에 가두어 길렀던 염소들은 야생의 상태로 되돌아갔다. 자유롭게 사는 거의 모든 동물이 그러하듯 염소들 역시 가장 힘세고 똑똑한 숫염소가 지배하는 몇 개의 무리로 나뉘었다. 이 우두머리 숫염소들은 덩치가 크고 무척 힘이 센 앙도아르라 불리는 숫염소 왕에게 복종했다.

염소들은 무리에게 위험이 닥쳐오면 대개 언덕이나 바위 위에 집결했고, 맨 앞줄에 있는 놈들이 대가리를 숙이고 불굴의 뿔을 휘두르며 방어벽을 쳐서 적에게 대항했다.

방드르디는 위험하긴 해도 아주 열정적인 놀이 하나를 구상했다. 그는 무리에서 따로 떨어져 있는 숫염소들에게 불시에 달려들어 싸움을 걸었다. 그들이 도망가면 달려가서 뿔을 거머잡고 강제로 무릎을 꿇게 했다. 그렇게 해서 그가 잡은 동물에게는 승리의 표시로 그들의 목에 칡덩굴로 만든 작은 목걸이를 걸어놓았다.

　그렇게 숫염소 사냥을 즐기던 중에 방드르디는 어느 바위 틈에서 상처를 입고 쓰러져 있는 새끼 암염소 한 마리를 발견했다. 새끼 염소는 앞다리 하나가 부러져 있었다. 녀석은 아주 희고 어린 암염소 새끼였는데, 아직 뿔도 나지 않은 상태였다. 방드르디는 부러진 뼈 부위에 나무 막대기를 묶어 부목을 대주었다. 좀더 나이가 많고 분별 있는 염소라면 무릎이 접히는 걸 막아주는 그 부목에 잘 적응했을 것이다. 그러나 새끼 염소 앙다 — 방드르디가 붙여준 이름이다 — 는 얌전히 있질 못했다. 녀석은 미친 듯이 날뛰었고, 발을 짚을 때마다 부목에 걸려 무척 아파했다. 그러다 결국 부목이 떨어져 나가고 말았다. 앙다는 옆으로 고꾸라져서 애처롭게 울어댔다.

　로빈슨은 새끼 염소를 죽여야겠다고 생각했다. 어느 나라에서건 염소, 양, 그리고 말조차도 다리를 다친 동물은 죽이는 것이 보통이다. 다리를 다친 동물들은 부러진 뼈를 지탱하는 깁스나 부목의 거북함을 견뎌내지 못하기 때문이다.

　그러나 방드르디는 어떻게든 앙다를 살리고 싶었다. 새끼 염소는 걸을 수도, 달릴 수도, 뛰어오를 수도 없었기 때문에, 방드르디는 아예 녀석을 나무틀 속에 넣어 땅바닥에 놓아두었다. 처음에 옆으로 드러누운 앙다는 몸부림치며 가슴을 찢는 듯한 비명 소리를 내며 울어댔다. 그러나 곧 녀석은 체념하고 순순히 방드르디가 하루에 두 번씩 가져다주는 향기로운 풀을 먹고 신선한 물을 마셨다.

3주가 지나자 방드르디는 앙다를 풀어주었다. 새끼 염소는 곧장 달려 나가려고 했다. 하지만 근육이 모두 굳어서 말을 듣지 않았다. 앙다는 술을 마신 것처럼 비틀거렸다. 녀석에게 걷는 법을 알려주어야 했다. 방드르디는 지칠 줄 모르는 인내로 그 일을 해냈다. 그는 자신의 두 다리 사이에 염소의 허리를 끼고 한 걸음 한 걸음 나아갔다. 녀석의 작은 발굽은 흐물거렸고 자갈밭에서는 더욱 어설퍼서 비틀거렸다. 마침내 어린 앙다는 방드르디의 노력으로 다시 뛰어오르고 달릴 수 있게 되었다. 방드르디와 앙다가 앞서거니 뒤서거니 하면서 이 바위에서 저 바위로 뛰어가는 모습을 보는 것은 정말 놀라운 일이었다. 때때로 방드르디는 앙다를 뒤쫓기가 어렵기까지 했다.

앙다는 다시 달릴 수 있게 되었는데도 혼자서는 절대로 풀을 뜯으려 하지 않았다. 풀과 꽃이 가득한 초원 한가운데 또는 소관목의 연한 잎사귀—염소들은 풀보다 나뭇잎을 더 좋아하니까—가 많은 곳에 데려다놓아도 앙다는 방드르디를 바라보며 울었고, 그가 직접 풀을 뜯어서 손으로 내

밀 때까지 기다렸다.

방드르디와 앙다는 서로 떨어질 수 없는 관계가 되었다. 밤이면 방드르디는 앙다라는 따뜻하고 살아 있는 이불을 덮고 잤다. 낮에도 앙다는 1미터도 그에게서 떨어지지 않았다.

"두고 봐. 앙다가 어미가 되어 젖이 나오면, 난 절대로 우리가 예전에 했던 것처럼 앙다의 젖을 짜지 않을 거야. 난 키 작은 엄마 같은 앙다의 젖을 직접 빨아 먹을 거야"라고 그가 로빈슨에게 말했다.

그러고는 그런 생각에 유쾌해져서 웃었다. 로빈슨은 그의 말을 들으면서 약간의 질투심을 느꼈다. 그는 방드르디와 새끼 염소 간의 깊은 우정으로부터 소외당한 기분이 들었다.

"폭발 사건 이후로 넌 스페란차 섬에 있는 모든 것이 자유로워지기를 원했고, 짐승을 가축으로 만드는 일도 없기를 원했어. 그런데 왜 앙다를 네 곁에 잡아두는 거지?" 하고 로빈슨이 따졌다.

"앙다는 가축이 아니라고."

방드르디가 당당하게 대꾸했다.

"앙다는 자유의 몸이야. 앙다는 나를 좋아하기 때문에 내 곁에 머무르는 거야. 앙다가 떠나고 싶어 하면 난 막지 않을 거야."

그러던 어느 날 아침, 방드르디는 잠들어 있는 사이 무슨 일이 일어났다는 느낌을 받고 잠에서 깼다. 앙다는 평소처럼 자신의 품속에서 잠들어 있었다. 그러나 앙다의 얼굴을 똑바로 바라보면서 방드르디는 새끼 염소에게서 이상한 점을 발견했다. 앙다의 몸 여기저기에서는 어떤 고약한 냄새, 즉 숫염소의 냄새가 풍기고 있었다. 그는 아무 말도 하지 않았으나 하루 종일 그 일을 생각했다.

　다음 날 밤, 그는 한쪽 눈을 뜬 채 잠을 잤다. 자정이 되자 그가 누워 있는 근처의 덤불이 큼직한 꽃처럼 살짝 열리는 것 같았다. 그러고는 덤불 한가운데서 지금까지 본 적이 없던, 멋진 숫염소의 머리가 나타나는 것을 보았다. 길쭉한 황금빛 두 눈이 무성한 털 속에서 이글거렸고, 가늘고 비단결 같은 수염이 턱 끝에서 휘날렸으며, 고리 모양의 굵고 검은 뿔이 이마 위로 솟아 있었다. 바람이 살짝 불자 기름기와 사향이 섞인 역한 냄새가 방드르디의 코를 찔렀다. 한 번도 본 적은 없었지만, 방드르디는 즉각 녀석이 스페란차 섬의 염소들의 왕인 앙도아르임을 알아보았다. 앙다 역시 녀석을 본 것 같았다. 앙다가 방드르디를 깨우지 않고 빠져나가려는 듯 그의 품에서 조심스럽게 몸을 뒤척였기 때문이다. 그러나 방드르디는 그 거대한 숫염소가 사라질 때까지 앙다를 더 세게 껴안아 떠나지 못하게 했다. 그는 곧 자기가 로빈슨에게 했던 말을 떠올렸다. '앙다가 떠나고 싶어 하면 난 막지 않을 거야.' 그는 부끄러워 갈색 피부 아래로 얼굴을 붉혔다.

다음 날, 그는 색이 선명한 칡덩굴을 정성스럽게 꼬아서 다른 것보다 더 단단하고 더 멋진 목걸이를 하나 만들었다. 앙도아르 왕의 목걸이라고 했다. 이윽고 그는 적수를 찾아 산으로 떠났다.

그는 어느 바위 꼭대기에 거대한 털북숭이 조각상처럼 움직이지 않고 서 있는 녀석을 보았다. 그는 앙도아르에 대한 자신의 승리를 표시하게 될 알록달록한 칡덩굴 목걸이를 이로 꽉 문 채, 암벽을 천천히 기어 올라갔다. 바위 꼭대기는 둘이 있기에는 정말이지 너무 좁았다. 그러나 숫염소는 여전히 움직이지 않았다. 방드르디는 어떻게 해야 할지 몰랐다. 싸움을 걸어야 할까? 그는 손끝에 목걸이를 단단히 쥐고선 가까이 다가갔다. 그가 숫염소를 건드리려는 순간, 녀석은 갑자기 1미터쯤 돌진해 방드르디의 왼쪽과 오른쪽 허리께를 커다란 뿔로 들이댔다. 인디언은 거대한 집게발의 갈고리 발톱 사이에 잡힌 꼴이 되었다. 이윽고 숫염소가 머리를 비스듬히 돌리자 균형을 잃은 방드르디는 바위 꼭대기에서 떨어졌다. 다행히 바위는 그리 높지 않았지만 그 아래에는 가시나무와 호랑가시나무들이 있어 그는 깊은 상처를 입었다.

방드르디는 며칠 동안 그물 침대 속에서 꼼짝도 못하고 누워 있어야만 했다. 로빈슨이 그의 상처에 젖은 이끼를 붙여주었고, 앙다는 상처를 핥아주었다. 그는 앙도아르를 찾아서 복수하겠다고 끊임없이 별렀고, 그 자신이 훌륭한 상대였던 만큼 맞수인 염소들의 왕에 대해서도 침이 마르도록 칭찬했다. 그는 앙도아르의 지독한 냄새 때문에 100미터 거리에서도 녀석을 알아볼 수 있다고 말했다. 사람이 다가가도 앙도아르는 도망치는 법이 없었다. 앙도아르는 그가 바위에서 추락한 직후 공격하지 않았고, 다른 숫염소들과는 달리 그를 죽이려고 하지도 않았다.

방드르디는 무척 기력이 쇠한 상태였다. 앙다를 위해 풀을 뜯거나 물을 떠올 때를 제외하고는 온종일 누워 있었다. 어느 날 저녁 그는 몸을 가누지 못할 정도로 피곤에 지쳐 깊은 잠에 빠졌다. 다음 날 아침 그가 잠에서 늦게 깨어났을 때 앙다는 사라지고 없었다.

"그래. 앙다는 떠나기를 원했고, 그래서 떠났어" 하고 그는 로빈슨에게 말했다.

로빈슨은 그의 말을 곧이곧대로 받아들이기는커녕 코웃음을 쳤다. 그러자 방드르디는 앙도아르를 찾아내서 칡덩굴 목걸이를 걸어주고 앙다를 다시 찾아오겠노라고 스스로 다

짐했다.

방드르디가 회복되었을 때, 로빈슨은 염소들의 왕에게 도전하러 떠나는 그를 말리려고 애를 썼다. 방드르디가 숫염소들과의 싸움에서 몸에 묻혀온 냄새가 지독하기도 했지만, 무엇보다 최근에 바위에서 추락해 깊은 상처를 입었던 것만 보아도 알 수 있듯이 그것은 실제로 위험한 짓이었기 때문이다. 하지만 로빈슨이 어떤 말을 해도 소용이 없었다. 방드르디는 간절히 복수를 바랐고, 그래서 모든 위험을 기꺼이 받아들이려 했다. 어느 날 아침, 그는 자신의 적수를 찾아 커다란 바위 더미 속으로 떠났다.

그는 오래지 않아 그 짐승을 찾아냈다. 방드르디가 가까이 가자 어지럽게 달아나는 암염소와 새끼 염소떼의 한복판에 그 거대한 수컷의 실루엣이 우뚝 서 있었다. 오직 하얀 새끼 염소 한 마리만이 충실하게 왕의 곁에 남아 있었다. 방드르디는 그것이 앙다임을 인정하지 않을 수 없었다. 게다가 앙다는 직접 풀을 뜯어먹지 않았다. 앙다를 위해 풀을 뜯어준 것은 앙도아르였다. 앙도아르는 풀을 한 뭉치씩 뜯어서 앙다에게 내밀었다. 새끼 염소는 이빨로 풀을 물고서 고맙다고 말하는 듯이 몇 번이고 대가리를 흔들었다. 방드르디는 질투심으로 괴로웠다.

앙도아르는 도망가려 하지 않았다. 녀석은 한쪽은 수직

돌담에 둘러막히고, 다른 한쪽은 30미터쯤 되는 절벽으로 막힌 일종의 원형 경기장 같은 곳 한가운데에 있었다.

방드르디는 손목에 감고 있던 가는 끈을 풀어서 도전하듯 앙도아르의 코밑에 대고 흔들었다. 야생의 사나운 짐승은 긴 풀잎을 이빨 사이에 깨물고 있다가 갑자기 씹는 것을 멈추었다. 그러더니 수염 사이로 비웃는 듯한 표정을 지으면서 우쭐대는 것처럼 뒷발을 딛고 몸을 일으켜 세웠다. 녀석은 자신을 찬미하기 위해 몰려든 군중에게 인사라도 하듯 거대한 뿔을 끄덕거리더니 방드르디 쪽으로 몇 발자국 전진하면서 앞발굽을 허공 속으로 휘저었다. 방드르디는 그 기괴한 무언극에 깜짝 놀랐다. 그 한순간의 방심이 그를 패배로 몰아갔다. 짐승은 그에게서 불과 몇 발자국 떨어진 곳까지 거리가 좁혀지자 앞발을 다시 땅에 내려놓는 것과 동시에 그를 향해 맹렬히 돌진해왔다. 녀석은 화살처럼 인디언의 가슴을 향해 달려들었다. 방드르디는 옆으로 몸을 피했지만 한발 늦었다. 오른쪽 어깨에 심한 충격을 느끼면서 제자리에서 핑 돌았다. 그는 바위 위로 퍽 쓰러져서 땅바닥에 죽 뻗어버렸다.

만일 그가 곧바로 몸을 일으킨다면 새로운 공격을 피할 수 없을 것 같았다. 그는 등을 대고 가만히 누운 채 반쯤 감은 눈꺼풀 사이로 파란 하늘 조각만 바라보고 있었다. 갑자기 하늘이 어두워졌고, 털북숭이 머리와 수염 그리고 뒤틀린 콧방울 때문에 비웃는 듯한 놈의 모습이 보였다. 그는 몸을 움직이려 했지만 어깨에 지독한 통증이 밀려와 의식을 잃고 말았다.

그가 다시 눈을 떴을 때 이미 해는 중천에 떠서 견디기 힘든 열기를 쏟아 붓고 있었다. 그는 왼손으로 땅을 짚고서 몸 밑에 깔린 두 발을 오그렸다. 암벽은 거울처럼 빛을 반사하고 있었다. 숫염소는 보이지 않았다. 그는 비틀거리며 자리에서 일어났다. 막 몸을 돌리려는데 뒤에서 돌멩이들을 박차는 발굽 소리가 들렸다. 그 소리가 너무 빨리 다가와서 미처 맞설 틈도 없었다. 그는 다치지 않은 왼팔 쪽으로 몸을 굴렸다. 허리께를 들이받힌 방드르디는 두 팔을 십자형으로 가슴에 붙인 채 비틀거렸다. 앙도아르는 단번에 멈추더니 딱딱한 네 다리로 떡 버티고 섰다. 완전히 균형을 잃은 방드르디는 숫염소의 등 위로 쓰러졌다. 앙도아르는 그의 무게에 눌려 휘청하더니 다시 몸을 바로잡아 전속력으로 내달았다.

어깨에 고통을 느끼면서도 방드르디는 악착같이 짐승에게 매달렸다. 두 손으로는 두개골에서 가장 가까운 뿔을 움켜잡았고, 두 다리로는 허리의 털 쪽을 꽉 조이는 한편, 발가락은 털에 걸었다. 숫염소는 자신의 몸을 친친 감고 있는

이 벌거벗은 몸뚱이를 떨쳐버리려고 길길이 날뛰었다. 녀석은 바위 더미 속에서 헛발 한 번 디디지 않고 방드르디와 마주쳤던 골짜기를 여러 바퀴 돌았다. 방드르디는 숨이 너무차올라 토할 지경이 되면서 또다시 기절해버리지나 않을까두려웠다. 앙도아르를 멈추게 하지 않으면 안 되었다. 그의두 손이 숫염소의 두개골을 따라 밑으로 내려가더니 두 눈을 움켜쥐었다. 눈앞이 보이지 않게 되어도 녀석은 멈추지않았다. 마치 장애물이 더 이상 존재하지 않는다는 듯 녀석은 냅다 앞으로 내달았다. 그의 발굽이 절벽 쪽으로 튀어나온 돌바닥 위를 밟고 뛰는 소리가 들리더니, 여전히 한데 얽힌 두 몸뚱이가 허공 속으로 떨어졌다.

29

그곳에서 2킬로미터쯤 떨어진 곳에서 로빈슨은 망원경으로 두 적수의 싸움과 추락을 지켜보고 있었다. 그는 그곳 지리에 상당히 밝았기 때문에 구불구불한 산길을 따라 내려가면 절벽 밑에 도달할 수 있다는 걸 알고 있었다.

돌 더미 사이에 자라난 보잘것없는 덤불 속에서 앙도아르의 사체를 발견했을 때는 이미 해가 지고 어스름해져 있었다. 손으로 코를 막고 갈색의 거대한 사체 위로 몸을 숙이자 그는 곧 목둘레에 단단하게 매놓은 알록달록한 끈을 알아볼 수 있었다. 로빈슨은 등 뒤에서 나는 웃음소리를 듣고 몸을 일으켰다. 거기에는 온몸에 찰과상을 입고 한쪽 팔은 삐었지만 그래도 몹시 행복해 보이는 방드르디가 버티고 서 있었다. 앙다는 그의 곁에서 손을 핥고 있었다.

"염소들의 왕은 내 밑에 있었어. 그리고 우리가 떨어졌을 때 그는 내 목숨을 보호한 거야. 위대한 숫염소는 나를 구하고 죽었지만 머잖아 내가 그를 하늘을 날면서 노래 부르도록 해줄 거야" 하고 방드르디가 말했다.

30

방드르디는 빠른 속도로 피로와 상처를 회복하여 또 한 번 로빈슨을 놀라게 했다. 며칠 후, 방드르디는 앙도아르의 사체가 있는 곳으로 갔다. 그는 우선 머리를 잘라 개미집 한가운데 가져다놓았다. 그러고는 네 다리 주변과 앞가슴과 배의 가죽을 벗겨낸 다음, 통째로 벗긴 가죽을 땅바닥에 늘어놓았다. 가죽을 벗긴 짐승의 몸뚱어리 가운데 내장만 남겨두고 나머지는 버렸다. 그는 내장을 바닷물에 씻어서 나뭇가지에 걸어 말렸다. 그런 후 옆구리에 무겁고 기름진 앙도아르의 가죽을 낀 채 노래를 부르며 바닷가로 걸어갔다. 그는 가죽에 모래와 소금기가 스며들도록 바닷물에 헹구었다. 그런 다음 조개껍데기로 긁어 모든 털을 없앴다. 그 작업을 마무리하는 데 여러 날이 걸렸다. 마지막으로 그는 북의 가죽처럼 팽팽해지도록 두 개의 활대에 걸어 널었다. 가죽이 완전히 마르자 그는 속돌*로 가죽을 반들반들하게 다듬었다.

"앙도아르, 날아가 봐. 앙도아르, 날아가 보라고" 하고 그는 매우 흥분한 듯 이 말을 되풀이했다. 그러나 여전히 자신의 계획을 입 밖에 꺼내지는 않았다.

* 속돌: 화산의 용암이 갑자기 식어서 생긴 다공질多孔質의 가벼운 돌.

31

아주 어릴 때부터 로빈슨은 현기증에 시달렸다. 의자 위에
올라서 있기만 해도 불안을 느낄 정도였다. 어느 날 그는 고
향인 요크 시에 있는 대성당의 종탑에 올라가 보고 싶었다.
달팽이처럼 돌아가는 좁고 가파른 계단을 따라 한참을 올
라가자 갑자기 벽의 어둠이 사라지면서 하늘이 툭 트인 전
망대에 서게 되었다. 거기서는 도시 전체와 수많은 사람들
이 개미떼처럼 보였다. 그는 겁에 질려 울부짖었고, 사람들
은 그의 머리를 학생복 망토로 가린 채 마치 짐 보따리처럼
다시 기어 내려오게 해야만 했다.

로빈슨은 그런 공포에서 벗어나기 위해 매일 아침 나무
에 오르곤 했다. 옛날 같으면 그런 노력이 쓸데없고 우스꽝
스럽다고 생각했을 것이다. 그러나 방드르디를 모범으로 삼

아 생활하고부터는 그 끔찍한 현기증을 깨끗이 청산하는 것이 중요하다고 판단했다.

그날 아침, 그는 섬에서 가장 큰 남양삼나무를 골라, 가장 아래쪽에 있는 나뭇가지를 움켜쥐고 한쪽 무릎을 건 다음 위로 올라섰다. 조금만 일찍 나무 꼭대기로 기어 올라간다면 해 뜨는 광경을 즐길 수 있으리라는 생각을 하면서 차례대로 나뭇가지를 잡고 올라갔다. 위로 올라갈수록 나무가 바람에 흔들리고 좌우로 움직인다는 것을 더 잘 느낄 수 있었다. 현기증이 일고 배가 뒤틀리기 시작했다. 나무 꼭대기에 거의 다 이르렀을 때 갑자기 그는 허공에 매달리게 되었다. 벼락을 맞았는지 나무둥치가 지상 2미터 정도 되는 지점에서 잘려나가 버린 것이었다. 그는 거기에서 현기증을 두려워하는 사람이라면 피하기 어려운 실수를 범했다. 자신의 발밑을 내려다보았던 것이다. 그는 나뭇가지들이 뒤얽힌 채 저 밑 깊숙이까지 나선형으로 소용돌이치듯 뻗어 있는 광경을 보았다. 극도의 불안이 그를 마비시켜 꼼짝도 할 수 없게 만들었다. 그는 두 팔과 두 다리로 나무둥치를 꽉 껴안았다. 마침내 그는 자신의 '아래'가 아니라 '위'를 쳐다봐야 한다는 걸 깨달았다. 그는 두 눈을 들어 올렸다. 푸른 하늘에는 마름모꼴의 거대한 금빛 새 한 마리가 바람 부는 대로 흔들리고 있었다. 방드르디가 자신의 수수께끼 같은 약속

을 실행에 옮기기 위하여 앙도아르를 공중에 날리고 있는
것이었다.

32

그는 우선 세 개의 등나무 막대기를 십자형이 되도록 동여
맸다. 그런 다음 서로 만나는 각 지점에 홈을 파고 그 속에
장선*을 끼워 넣었다. 그렇게 해서 얻은 가볍고 튼튼한 틀
위에 앙도아르의 가죽을 붙이고 가장자리를 장선으로 꿰맸
다. 가장 긴 막대기의 양 끝은 상당히 느슨한 끈으로 묶었
고, 바람을 타고 연이 잘 올라갈 수 있도록 치밀하게 계산하
여 줄을 맸다.

　방드르디는 매일 이른 새벽부터 연 만들기에 매달렸고,
작업이 끝나자마자 이 거대한 가죽 새는 공중으로 날아가
고 싶어 안절부절못하는 듯 그의 손에서 퍼덕이고 있었다.

* 장선腸線: 동물 창자의 막膜으로 만들어 바이올린·하프·기타줄 따위에
쓴다.

바닷가에서는 인디언이 기뻐서 환호성을 질러대는 가운데 활처럼 휜 앙도아르가 하양과 검정이 섞인 깃털 장식을 꼬리에 달고 쏜살같이 공중으로 솟구쳐 올랐다.

로빈슨은 급히 나무에서 내려와 그의 곁으로 달려갔다. 방드르디는 두 손을 베개 삼아 모래 위에 누워 있었고, 새끼 염소 앙다는 그의 발밑에서 공처럼 웅크리고 있었다. 연의 줄은 그의 발목에 묶여 있었다. 로빈슨은 방드르디 옆에 누웠고 두 사람은 함께 오랫동안 변덕스럽게 날고 있는 앙도아르를 바라보았다. 앙도아르는 오르락내리락하다가 갑자기 세게 부는 바람에 몹시 떨기도 하고, 때로 고요해진 바람으로 갑자기 힘이 빠지기도 하면서 구름떼를 가로지르며 움직이고 있었다. 이 모습을 골똘히 바라보던 방드르디가 벌떡 일어나더니 발목에 비끄러맨 연줄을 풀지 않은 채 하늘에서 춤추는 앙도아르를 흉내 내기 시작했다. 웃고 노래하며 모래 위에서 공처럼 몸을 웅크렸다가는 두 팔을 활짝 펴고 뛰어오르는가 싶더니 다시 떨어졌고, 왼쪽 다리를 하늘로 펄쩍 내뻗으면서 핑그르르 돌았다. 앙다도 옆에서 깡충깡충 뛰었다. 저 높이, 저 멀리 구름 속에서는 인디언의 발목에 300미터쯤 되는 실로 묶인 아름다운 황금새가 그와 함께 춤을 추며 빙글빙글 돌거나 내리꽂히거나 혹은 위로 솟구쳐 뛰어올랐다.

오후에는 오로지 연을 이용한 낚시를 하며 보냈다. 솔로
몬 제도에서는 아직도 이런 식으로 고기를 잡는다. 연줄은
카누의 뒤쪽에 비끄러매놓고, 동시에 같은 길이의 줄을 한
쪽은 연의 꼬리에 매달고, 그 반대쪽 끝에는 낚싯바늘을 달
고 깃털 뭉치로 가렸다. 로빈슨은 바람을 거슬러 천천히 노
를 저었고, 카누 저쪽 뒤편에서는 깃털 뭉치가 반짝이면서
파도를 스치며 따라왔다. 때때로 커다란 물고기가 미끼에
달려들어 주둥이로 낚싯바늘을 덥석 물었다. 방드르디와 로
빈슨은 물고기가 낚싯바늘을 물 때마다 하늘에 뜬 커다란
연이 낚시의 찌처럼 까불까불 흔들리는 것을 보았다. 그러
면 로빈슨은 몸을 뒤로 돌리고 바람 부는 방향으로 노를 저
어, 방드르디가 잡고 있는 줄의 한쪽 끝으로 재빨리 달려갔
다. 배의 바닥에는 초록빛 등과 은빛 나는 배때기를 지닌 몹
시 통통한 물고기들이 잔뜩 쌓여갔다. 대개는 동갈치과에
속하는 물고기들이었다.

저녁이 되어도 방드르디는 앙도아르를 땅으로 끌어내릴
생각을 하지 않았다. 그는 그물 침대를 걸어놓은 후추나무
들 중 한 그루에 연줄을 매어두었다. 이리하여 앙도아르는
고삐 맨 가축처럼 주인의 발치에서 밤을 보냈다. 그다음 날
에도 앙도아르는 하루 종일 그를 따라다녔다. 그러나 둘째
날 밤에는 바람이 완전히 가라앉아버려 꽃이 핀 들판 한가

운데까지 가서 거기에 살며시 내려앉은 큰 새를 찾아 거둬 들여야만 했다. 몇 번을 더 시도했지만 실패하자 방드르디 는 그것을 다시 공중에 날리는 일을 포기했다. 그는 그걸 잊 어버린 듯 일주일 동안 그저 낮잠만 잤다. 그러고 나서야 비 로소 그는 개미집 속에다 버려둔 숫염소의 머리가 생각난 것 같았다.

33

작은 개미들은 부지런히 일한 모양이었다. 숫염소의 희고 갈색 나던 긴 털과 수염, 살은 하나도 남아 있지 않았다. 머리뼈 속까지도 깨끗이 청소되어 있었다. 그날 방드르디가 로빈슨에게 다시 돌아왔을 때, 그는 금조*처럼 생긴 두 개의 멋진 검은빛 뿔이 달린, 매우 아름답고 하얀 머리뼈를 팔 끝에 걸치고 흔들어 보였다. 그는 앙도아르의 목에 매어 두었던 알록달록한 끈을 우연히 찾아내서는, 그것을 소녀들의 머리에 매듭을 만들어주듯이 뿔 밑동에 잡아맸다.

　"앙도아르가 노래를 부르게 될 거야!"하고 방드르디는

* 금조琴鳥: 금조과의 새. 참새목의 새 가운데 가장 크고 화려하며 꽁지깃은 여덟 쌍이다. 수컷은 갈색과 회색이 섞여 있고, 암컷은 갈색이다. 꽁지를 펴면 하프 모양이 된다.

자신을 바라보고 있는 로빈슨에게 알 수 없는 예언을 해 보였다.

그는 백단풍나무의 줄기를 잘라 길이가 다른 두 개의 작은 살*을 다듬었다. 그중 긴 것의 양쪽 끝에 측면으로 두 개의 구멍을 뚫어서 두 개의 뿔 끝부분을 서로 이었다. 짧은 것은 긴 것과 평행이 되도록 머리 앞부분의 중간 높이에 고정시켰다. 거기서 조금 위, 눈구멍 사이에다가는 전나무로 깎은 작은 널빤지를 끼워 박고, 널빤지 상단 모서리에 열두 개의 좁은 홈을 팠다. 마지막으로 햇볕에 잘 말라서 가느다란 가죽끈처럼 나뭇가지 위에 걸려 여전히 흔들거리고 있는 앙도아르의 장선들을 걷어 와서 그것들을 약 1미터씩 되도록 똑같은 길이로 잘랐다.

방드르디가 두 개의 살 사이에 쐐기를 이용해서 앙도아르의 이마를 장식할 열두 개의 장선을 당겨 매는 것을 본 로빈슨은 그가 '아이올로스 하프'**를 만들려 한다는 것을 알았다. 아이올로스 하프는 야외나 바람을 받을 수 있는 장소에 두어, 바람이 현을 진동시켜 음악을 연주하게 하는 악기다.

* 살: 연이나, 부채, 바퀴, 창문 따위의 뼈대가 되는 부분.
** 아이올로스 하프: 바람으로 음악을 탄주하는 악기. 아이올로스는 그리스 신화에 나오는 바람의 신神. 여러 가지 바람을 자루에 담아두었다가, 계절에 맞게 바람을 내보낸다고 한다.

따라서 모든 현은 불협화음 없이 울릴 수 있도록 같은 음정으로, 때로는 8도 음정으로 조율되어야 했다.

방드르디는 조금만 바람이 불어도 현이 울릴 수 있도록 머리뼈 양쪽에 독수리 깃을 매어놓았다. 이렇게 만들어진 아이올로스 하프는 모든 방향에서 바람을 받을 수 있는 장소, 즉 바위 더미 정중앙의 비쩍 말라죽은 실편백나무의 가지들 가운데에 걸리게 되었다. 그곳에 자리를 잡자 곧 하프는 바람이 없는데도 맑고 가냘프고 구슬픈 소리를 냈다. 방드르디는 오랫동안 이 음악을 들었다. 어찌나 슬프고 감미롭던지 울고 싶은 마음이 들 정도였다. 마침내 그는 언짢은 듯 얼굴을 찌푸리고 로빈슨 쪽으로 손가락 두 개를 쳐들어 보였다. 바람이 너무 약해서 열두 개 현 가운데 두 개만이 소리를 낸다는 뜻이었다.

앙도아르가 제대로 노래를 부르려면 한 달 후에나 있을 다음 폭풍우를 기다리는 수밖에 없었다. 로빈슨은 결국 삼나무 가지 사이에다 나무껍질 차양으로 임시 거처를 만들고 그곳에 아예 잠자리를 마련했다. 어느 날 밤 방드르디가 찾아와서 그의 발을 잡아당겼다. 폭풍이 밀려왔고, 창백한 하늘에서 원반 같은 달이 조각난 구름 사이로 황급히 미끄러져가고 있었다. 방드르디는 로빈슨을 실편백나무 쪽으로 이끌고 갔다. 나무가 눈에 들어오기 훨씬 전에 로빈슨은 피리 소리와 바이올린 소리가 한데 섞인, 천상의 협주곡 소리가 들린다는 느낌을 받았다. 두 사람이 노래하는 나무의 발치에 도달했을 때 바람은 아까보다 두 배나 더 거세어졌다. 가장 높은 나뭇가지에 짧게 매여 있던 연이 마치 북의 가죽처럼 때로는 움직이지 않는 상태로 가볍게 흔들리고, 때로는 미친 듯이 퍼덕거리면서 흔들리는 것이었다. 변화무쌍한 달빛 아래서 독수리 깃털의 두 날개는 돌풍이 부는 대로 열렸다 닫혔다 하고 있었다. 공중을 나는 앙도아르와 노래하는 앙도아르가 어둠의 향연 속에서 한 덩어리가 되는 듯했다. 무엇보다도 저 장중하고 아름다운 음악이 어찌나 애절한지, 그것은 방드르디를 구하면서 죽은 위대한 숫염소의 탄식과도 같았다.

바위 아래에서 서로 몸을 바짝 기댄 채 로빈슨과 방드르디 그리고 새끼 염소 앙다는 그 장엄한 광경을 직접 눈으로 보았고, 별에서 떨어지는 것 같기도 하고 대지의 깊숙한 곳에서 솟아오르는 것 같기도 한 그 노랫소리에 온 귀를 기울이고 있었다.

34

방드르디가 큰 바윗덩이들 사이에서 꽃을 따고 있으려니까 동쪽의 수평선에 하얀 점 하나가 나타나는 것이 보였다. 그는 단숨에 달려가서 이제 막 수염 손질을 끝낸 로빈슨에게 그 사실을 알렸다. 로빈슨은 속으로는 놀랐으면서도 겉으로는 아무런 내색도 하지 않았다.

"손님이 오시겠군" 하고 그는 간단히 말했다. "그런 만큼 몸단장을 마저 끝내야지."

극도로 흥분한 방드르디는 나무 꼭대기로 올라갔다. 그는 들고 간 망원경을 조정하여 배가 점점 똑똑히 보이도록 초점을 맞췄다. 그것은 두 개의 돛대가 높이 달린, 빠르고 날씬한 범선이었다. 첫번째 돛대, 즉 앞 돛대는 사각형 돛을, 두번째 돛대는 삼각형 돛을 달고 있었다. 배는 10~12노트의 속력으로 섬의 높지대 해안을 향해 곧장 달려오고 있었다. 조개껍데기로 만든 커다란 빗으로 덥수룩한 붉은 머리를 빗고 있던 로빈슨에게 방드르디가 급히 달려와서 자세한 내용을 전했다. 그러고 나서 그는 다시 망루로 올라갔다. 배가 진로를 바꾸는 것으로 보아 섬의 이쪽 해안으로는 배를 댈 수 없음을 선장이 알아차린 모양이었다. 배는 돛을 좁히고 작은 돛을 이용해서 해안을 따라 달렸다.

방드르디는 배가 모래언덕을 돌아서 아마도 틀림없이 구원 만에 닻을 내릴 것 같다고 로빈슨에게 알렸다.

무엇보다도 배의 국적을 알아내는 게 중요했다. 로빈슨은 해변에 늘어선 숲의 장벽 끝까지 나아가서, 망원경을 조절하여 배를 살펴보았다. 배는 해안으로부터 400미터가량 떨어진 곳에 멈추었다. 잠시 후, 닻의 사슬이 풀리면서 쩽그렁하고 울리는 소리가 들렸다.

로빈슨은 이런 종류의 배를 본 적이 없었다. 요사이 건조된 배일 거라고 생각했다. 그러나 그는 배 뒤편에서 펄럭이고 있는 영국 국기 유니언 잭을 알아보았다. 선원들은 대형 보트 한 척을 바다에 내렸고, 벌써 여러 개의 노가 물결을 만들고 있었다.

로빈슨은 감개무량하여 가슴이 막혔다. 그가 언제부터 이 섬에 살게 되었는지 도무지 감이 잡히지 않았다. 그러나

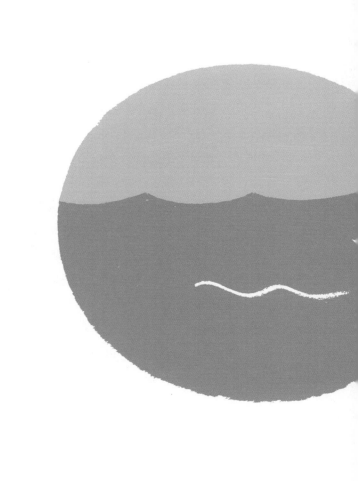

인생의 대부분을 이곳에서 보낸 느낌이었다. 흔히 사람은 숨을 거두기 직전에 자신의 전 생애가 눈앞에 파노라마처럼 펼쳐지는 것을 보게 된다고 한다. 로빈슨의 경우가 그러했다. 그는 배의 난파, '탈출호'의 건조와 실패, 비참한 진흙탕 생활, 섬을 개척하기 위한 동분서주, 방드르디의 출현, 자신이 그에게 강요했던 노동, 폭발 사건, 모든 작품의 파괴, 그리고 방드르디의 놀라운 발명과 격렬하지만 건전한 놀이 덕분에 보낼 수 있었던 행복하고 감미로운 생활 등이 생각났다. 이 모든 것이 이제 끝나게 될 것인가?

대형 보트에는 배에 식수를 공급하는 데 사용될 작은 통들이 가득 쌓여 있었다. 그리고 그 뒤편에는 검은 수염에 밀짚모자를 비스듬히 쓴 채 장화를 신고 무장을 한 남자가 보였다. 아마도 선장인 듯했다.

보트의 앞부분이 바닥을 긁으면서 고개를 위로 쳐들더니 멈췄다. 선원들이 거품이 이는 파도 속으로 뛰어내려서 밀물에 쓸리지 않는 곳에 보트를 두기 위해 끌어 올렸다. 검은 수염의 남자가 로빈슨에게 악수를 청하며 자기를 소개했다.

"블랙풀에서 온 윌리엄 헌터입니다. '화이트버드호'의 선장입니다."

"오늘이 며칠입니까?" 하고 로빈슨이 그에게 물었다.

예상치 못한 질문에 깜짝 놀란 선장은 그의 뒤에 있던 부선장인 듯한 남자를 돌아보았다.

"조지프, 오늘이 며칠이지?"

"1787년 12월 22일 토요일입니다. 선장님" 하고 그가 대답했다.

"1787년 12월 22일 토요일이랍니다" 하고 선장이 로빈슨에게 되받아 말했다.

로빈슨은 머릿속으로 재빨리 계산했다. '버지니아호'는 1759년 9월 30일에 난파를 당했다. 그러니까 정확하게 28년 2개월 22일 전의 일이었다. 그는 자신이 이 섬에 그토록 오랫동안 머물렀다는 사실이 믿기지 않았다. 그가 무인도에 온 이후 겪은 온갖 일에도 불구하고, 28년이 넘는 시간이 '버지니아호'의 난파와 '화이트버드호'의 도착 사이에 존재했다는 것이 비현실적으로 느껴졌다. 게다가 그들이 말한 대로 지금이 1787년이라면 그는 정확하게 쉰 살이 된 것이다. 쉰 살이라고? 말하자면 초로의 나이가 된 것이 아닌가! 스페란차 섬에서 보낸 자유롭고 행복한 생활 덕분에, 특히 방드르디 덕분에 점점 더 젊어지고 있다고 느끼고 있었는데! 그는 어쨌든 자신을 거짓말쟁이로 여길까 두려워서 손님들에게는 '버지니아호'가 난파된 정확한 날짜를 숨기기로 했다.

"나는 플레싱에서 출발한, 피터 반 데셀 선장 지휘의 '버지니아호'를 타고 여행하다가 이 섬에 남게 되었소. 내가 난파된 배의 유일한 생존자요. 불행하게도 그 충격으로 기억의 일부를 잃었소. 특히 사고가 일어난 날짜를 끝내 기억해내지 못하게 되고 말았소."

"나는 어느 항구에서도 그 배에 관한 이야기를 들어본 적이 없습니다. 그렇지만 미국인들과의 전쟁 때문에 모든 해양 관계가 엉망진창이 된 것은 사실이지요" 하고 헌터가 그에게 설명해주었다.

북아메리카의 영국 식민지 사람들이 독립을 쟁취하기 위해 영국과 전쟁을 했으며, 그 전쟁이 1775년부터 1782년까지 계속되었다는 것을 로빈슨은 물론 모르고 있었다. 그러나 그는 자신의 무지를 드러낼 질문은 하지 않았다.

그러는 동안 방드르디는 선원들이 작은 통을 내리는 일을 도와주고 나서 그들을 물이 나오는 가장 가까운 곳으로 안내하고 있었다. 인디언이 그처럼 친절하게 선원들을 대하는 것은 그들이 가급적 빨리 자신을 '화이트버드호'에 데려가줬으면 하는 바람 때문이라는 것을 로빈슨은 알아차렸다. 로빈슨 역시, 그 어떤 배보다 빨리 달릴 수 있도록 기막히게 건조되고, 틀림없이 최신 항해 장비를 구비했을 그 멋진 범선을 구경해보고 싶은 마음이 굴뚝같다는 것을 인정하지 않을 수 없었다. 그러나 기다리는 동안 그들을 살펴보면서, 헌터 선장과 부선장 조지프 그리고 주변에서 분주히 일하고 있는 모든 선원들이 그에게는 더럽고 거칠며 난폭하고 잔인하게 느껴졌다. 그는 자신이 과연 이런 인간들과 다시 함께 생활할 수 있을지 스스로에게 물어보았다.

로빈슨은 헌터 선장에게 섬에 사냥감이 많으며, 괴혈병으로부터 선원들을 지켜줄 수 있는 물냉이, 쇠비름 같은 신선한 식량 자원이 풍부하다는 것을 설명하려고 애썼다. 그러나 선원들은 벌써 껍질이 비늘처럼 일어나는 키 큰 나무를 타고 올라가서 긴 칼로 캐비지 야자나무의 새싹을 자르고 있었다. 또 밧줄을 던져 새끼 염소를 쫓아다니며 시시덕거리기도 했다. 이 무례한 주정뱅이들이 섬의 나무들을 멋대로 훼손하고 짐승들을 닥치는 대로 죽이는 꼴을 보노라니 그는 마음이 아팠다. 그러나 그토록 오랜만에 만난 사람들에게 이기주의자가 되고 싶지는 않았다. 예전에 스페란차 섬의 판매대가 있었던 자리에는 속이 파인 키 큰 풀들이 자라서 부드러운 소리를 내며 바람에 흔들리고 있었다. 거기서 한 선원이 금화 두 개를 발견했다. 그는 즉시 큰 소리로 동료들을 불러 모았다. 그들은 한바탕 격렬하게 실랑이를 벌인 끝에 금화를 쉽게 찾기 위하여 초원 전체에 불을 지르기로 결정했다. 로빈슨은 그 금화가 자기 것이고, 불이 나면 짐승들이 섬에서 가장 좋은 풀밭을 잃게 되리라는 생각을 하지 않을 수가 없었다. 새로운 금화가 발견될 때마다 단도나 긴 칼을 휘두르는 참혹한 싸움이 벌어졌다.

그는 부선장 조지프에게 말을 걸면서 그와 같은 광경을 보지 않으려고 애를 썼다. 부선장은 미국 남부의 목화 농장에 노동력으로 제공되는 흑인 노예 매매에 대해 열광적으로 설명했다. 아프리카의 흑인들은 특별한 배에 짐짝처럼 빽빽이 실려 수송된 후 미국으로 팔려나가고, 그 대신 돌아가는 배에는 목화, 설탕, 커피, 쪽빛 염료 등이 실린다. 이 물건들은 유럽의 여러 항구를 지나며 쉽게 팔 수 있으므로 배에 싣고 돌아가기에 가장 이상적인 화물이라고 했다. 이윽고 헌터가 말을 꺼냈다. 그는 전쟁 동안 미국 반란군 지원을 목적으로 파견된 프랑스군 수송선을 어떻게 침몰시켰는가를 웃으면서 이야기했다. 그가 보는 앞에서 프랑스 군인들이 모두 익사했다는 것이다. 로빈슨은 마치 돌을 쳐들면 볼 수 있는, 새까맣게 우글거리는 쥐며느리들을 보는 듯한 느낌이었다.

대형 보트는 일차로 '화이트버드호'로 되돌아가서 과일과 채소 그리고 사냥감을 내려놓았다. 그 가운데서 밧줄에 묶인 새끼 염소들이 발버둥 치고 있었다. 선원들은 두번째로 물건을 싣고 가기 전에 선장의 명령을 기다렸다.

"나와 점심 식사를 같이해주신다면 영광이겠습니다" 하고 선장이 로빈슨에게 말했다.

그는 로빈슨의 대답도 기다리지 않은 채 식수를 배에 실은 다음, 다시 와서 손님을 배로 모시고 가라고 명령했다.

로빈슨이 '화이트버드호'의 갑판 위에 오르자, 일차 수송 때 대형 보트를 타고 왔던 방드르디가 싱글벙글 웃으며 그를 맞아주었다. 그 인디언은 선원들에게 입양되어 마치 그곳에서 태어난 듯이 배를 구석구석 다 알고 있는 눈치였다. 로빈슨은 방드르디가 슈라우드*를 향해 돌진하고, 돛대 위에 꾸며놓은 전망대 위로 기어 올라가고, 또 거기서 돛 위에 가로 댄 나무 발판으로 내려와 즐거워서 어쩔 줄을 모르겠다는 듯 박장대소하며 바닷물 위 15미터쯤 되는 높이에서 몸을 흔들어대는 것을 보았다. 그때 그는 방드르디가 화살, 연, 아이올로스 하프 등 공기와 관련된 것은 무엇이든 다 좋아한다는 사실을 기억해냈고, 날씬하고 가볍고 아름다운 이런 하얀 범선은 방드르디가 지금까지 본 것 중에서 가장 훌륭한 것일 거라고 여겼다. 로빈슨은 '화이트버드호'의 방문에 대해 방드르디가 자기보다 더 즐거워하는 것을 확인하고는 약간 씁쓸했다.

그가 갑판 위에서 몇 발짝 뗐을 때 앞 돛대 밑에 반쯤 벗겨진 상태로 묶인, 작은 아이로 보이는 형체가 눈에 들어왔

* 슈라우드: 돛대 꼭대기에서 양 뱃전에 쳐서 돛대를 고정시키는 밧줄.

다. 열두 살쯤 되어 보이는 어린아이였다. 아이는 깃털이 뽑힌 새처럼 메말랐고, 등에는 핏자국이 나 있었다. 그의 얼굴을 볼 수는 없었지만 무성한 머리털이 붉은 뭉텅이를 이룬 채 주근깨가 여기저기 박혀 있는 가냘픈 어깨 위로 흘러내려 있었다. 로빈슨은 아이를 보면서 걸음을 늦췄다.

"우리 배의 소년 견습 선원 야안입니다" 하고 선장이 그에게 말했다.

그러더니 부선장에게로 고개를 돌리면서 물었다.

"저 녀석이 또 무슨 짓을 했나?"

곧이어 요리사 모자를 쓴 시뻘건 얼굴 하나가 상자 속에서 튀어나온 악마처럼 갑판 식량 창고의 승강구에서 불쑥 튀어나왔다.

"아무짝에도 쓸모없는 녀석입니다. 오늘 아침 녀석이 조심하지 않고 소금을 세 번이나 치는 바람에 닭고기 파이를 망쳤습니다. 그래서 밧줄로 열두 대를 맞았지요. 행실머리를 고치지 않으면 또 맞을 겁니다" 하고 주방장이 말했다.

그러고는 모습을 나타냈을 때처럼 갑자기 자취를 감추어 버렸다.

"풀어줘. 고급 선원들의 식당에서 우리의 시중을 들어야 하니까."

로빈슨은 선장, 부선장과 함께 점심을 먹었다. 방드르디는 선원들과 함께 식사하는 모양으로, 로빈슨은 어느 누구에게서도 그에 대한 이야기를 듣지 못했다. 그는 여러 차례 접시에 담겨 나온 테린*이나 강한 양념의 고기를 끝까지 먹는 게 무척이나 고역이었다. 아주 오래전부터 가볍고 신선한 자연식만 먹어온 그로서는 이처럼 무겁고 소화하기 어려운 음식을 먹는 법을 잊어버린 것이다.

소년 선원 야안은 엄청 헐렁한 흰 앞치마에 반쯤 파묻힌 채 식사 시중을 들고 있었다. 로빈슨은 덥수룩하고 옅은 황갈색 머리털 밑에 숨은 그의 눈과 마주치려고 애썼지만, 야안은 혹시 실수라도 범하지 않을까 하는 두려움에 사로잡혀서인지 일부러 그를 보지 않는 것 같았다. 선장은 침울했고 말이 없었다. 조지프는 로빈슨에게 오로지 항해술과 돛에 관련된 최신 기술의 발전에 대해서만 설명하면서 대화를 이끌어갔다.

점심 식사 후, 헌터는 자기의 선실로 물러갔고, 조지프는 로빈슨을 선교**로 데리고 갔다. 그는 로빈슨에게 최근 항해술에 도입된 어떤 도구를 자랑하고 싶었던 것이다. 그것은

* 테린: 잘게 썬 조류나 생선 고기 따위를 그릇에 담아 단단히 다져 중탕으로 익힌 뒤 차게 식혀 먹는 전채 요리.
** 선교船橋: 배가 항해를 할 때에, 선장이 항해나 통신 따위를 지휘하는 곳. 일반적으로 배의 상갑판上甲板 중앙의 앞쪽에 높게 자리 잡은 위치를 이른다.

육분의*라는 것으로 수평선상의 태양의 고도를 측정할 수 있는 도구였다. 로빈슨은 조지프의 열정적인 시범을 주의 깊게 관찰한 다음, 구리와 마호가니와 상아로 만든 그 멋진 물건을 작은 상자에서 꺼내어 만족스럽게 조작해 보였다.

잠시 후 로빈슨은 평소대로 갑판 위에 낮잠을 자러 갔다. 그는 누워서 전망대 위의 돛대 끝 부분이 완벽하게 푸른 하늘에다가 불규칙한 원을 그리는 모습을 바라보았다. 하늘에는 투명한 초승달이 길을 잃은 채 방황하고 있었다. 고개를 돌리니 금빛 모래의 선과 초록 더미 그리고 바위 들이 두서없이 뒤엉켜 쌓여 있는 스페란차가 보였다.

자신이 결코 섬을 떠나지 않을 것임을 깨달은 것은 바로 그때였다. '화이트버드호'를 타고 온 사람들은 그가 되돌아가고 싶지 않은 문명이 파견한 사자였다. 그는 방드르디와 더불어 스페란차에 남는 한, 젊고 멋지며 힘찬 삶을 살 수 있을 것이라고 믿었다. 본의 아니게 조지프와 헌터는 그가 오십 대라는 사실을 알려주었다. 그들과 함께 이곳을 떠난다면 그는 위엄 있는 표정의 백발이 성성한 늙은이가 될 것이고, 또한 그들처럼 어리석고 고약한 사람이 될 것이다. 그

---

* 육분의六分儀: 두 점 사이의 각도를 정밀하게 재는 광학 기계. 태양, 달, 별 따위를 수평선상의 각도를 재어 관측 지점의 위도·경도를 간단하게 구하는 데에 쓴다.

럴 수는 없는 일이었다. 그는 방드르디가 알려준 새로운 삶에 충실해야겠다고 결심했다.

그가 그대로 섬에 남겠다는 결심을 이야기하자 오직 조지 프만이 놀랍다는 표정을 지었다. 헌터는 그저 싸늘한 미소를 지을 뿐이었다. 어쩌면 그는 속으로 자리도 충분하지 않은, 좁디좁은 배에 두 명의 승객을 추가로 태우지 않아도 되어 다행이라고 여기고 있을지도 몰랐다.

"당신의 너그러운 마음씨 덕분에 우리는 필요한 물자와 금화를 실을 수 있었습니다. 우리가 스페란차에 들렀다는 기념의 뜻으로 작은 탐지 보트 한 척을 드리고자 합니다. 우리에게는 규정상 필요한 두 척의 큰 구명보트가 있으니까 그 보트는 필요 없습니다."

그 배는 가볍고 물에 잘 뜨는 카누였기 때문에 날씨가 좋을 때 한두 사람이 이용하기엔 안성맞춤이었고, 방드르디의 낡은 카누를 대신해 사용하면 썩 좋을 듯했다. 그 배를 타고서 로빈슨과 그의 동반자는 해 질 무렵 섬으로 돌아왔다.

그의 땅을 다시 밟으면서 로빈슨은 무한한 안도감을 느꼈다. '화이트버드호'와 선원들은 그가 방드르디와 이상적으로 살아온 행복한 섬에 무질서와 파괴를 가져왔다. 그러나 무슨 상관이랴! 새벽 동이 트면 영국 배는 닻을 올리고 문명의 세계로 다시 떠날 것이다. 로빈슨은 선장에게 이 섬의 존재나 지도상의 위치가 '화이트버드호'의 선원들로 하여금 세상에 알려지지 않기를 바란다고 당부했다. 선장은 그렇게 하겠다고 약속했고, 로빈슨도 그가 약속을 지킬 것이라고 여겼다. 앞으로도 로빈슨과 방드르디는 변함없이 오랫동안 아름답고도 고독한 날들을 영위할 것이다.

35

로빈슨이 삼나무에서 내려왔을 때는 아직 새벽빛이 어슴푸레한 시각이었다. 그는 해가 뜨기 전의 그 음산하고 뿌연 시간대가 끔찍이 싫어서 첫 햇살이 비출 때까지 기다렸다가 일어나는 습관이 있었다. 방드르디는 항상 늦잠을 잤다. 로빈슨은 그날 밤 잠을 설쳤다. '화이트버드호'에서 먹은 소화하기 어려운 식사, 고기와 소스 그리고 머리를 무겁게 한 포도주 때문에 갑작스레 잠이 깨기도 하고 악몽에 시달리기도 해서 잠을 제대로 자지 못했던 것이다.

그는 바닷가로 발걸음을 옮겼다. 예상했던 대로 '화이트버드호'는 사라지고 없었다. 바닷물은 잿빛이었고 하늘은 빛이 바랬다. 밤새 내린 이슬이 풀들을 무겁게 짓누르고 있었다. 새들은 죽음과 같은 침묵을 지켜보고 있었다. 로빈슨은 갑자기 엄청난 슬픔이 들이닥치는 것을 느꼈다. 몇 분 후면, 적어도 한 시간 후면 해가 떠올라서 온 섬에 생명과 기쁨을 되돌려줄 것이다. 그동안 로빈슨은 그물 침대에서 자고 있는 방드르디를 보러 가기로 했다. 그는 방드르디를 깨우지는 않을 것이다. 그저 그의 모습이 거기에 있는 것만으로도 힘이 될 것이었다.

그물 침대는 텅 비어 있었다. 그보다 더 놀라운 건 방드르디가 낮잠을 잘 때 가까이 두는 자질구레한 물건들—거울, 강낭콩, 화살통, 작은 화살, 새의 깃털, 공 따위—이 사라졌다는 사실이었다. 새끼 염소 앙다 역시 사라졌다. 갑작스럽고 강한 공포가 로빈슨을 엄습했다. 방드르디가 '화이트버드호'와 함께 떠났단 말인가? 그는 해변으로 달려갔다. 보트와 낡은 카누는 마른 모래 위로 끌어 올려진 채 그대로 있었다. 만약 방드르디가 영국 범선으로 되돌아가고자 했다면, 이 두 척의 배 가운데 하나를 이용한 다음 바다에 버려두거나 범선 위로 끌어 올렸을 것이다. 그렇다면 그는 한밤중에 헤엄쳐서 배에 갔단 말인가?

로빈슨은 방드르디의 이름을 부르면서 섬 전체를 찾아다니기 시작했다. 이쪽 해변에서 저쪽 해변까지, 절벽에서 모래언덕까지, 숲에서 늪지대까지, 커다란 바위 더미에서 초원까지 뛰어다녔다. 방드르디가 자기를 배반하고 도망쳤다는

확신이 점점 들어감에 따라 그는 더욱 절망해서 비틀거리며 소리쳤다. 그런데 왜, 왜 떠났단 말인가?

그제야 그는 방드르디가 그 하얗고 멋진 배를 보고 경탄했던 일과 파도 위에서 행복하게 웃으며 돛 위에 가로 댄 나무 발판 이쪽저쪽을 옮겨 다닌 일을 떠올렸다. 그렇다. 방드르디는 자신이 섬에서 만들었던 모든 것보다도 더 멋진 그 새로운 장난감에 매혹되었던 것이다.

가엾은 방드르디! 로빈슨은 부선장 조지프가 아프리카 대륙과 아메리카의 목화 농장 사이에서 행해지고 있는 끔찍한 흑인 노예 매매에 대해 상세하게 전해준 이야기가 떠올랐다. 어쩌면 이미 그 순진한 인디언은 '화이트버드호'의 화물창 속 노예용 쇠사슬에 묶여 있을지도 모른다……

로빈슨은 감당할 수 없는 고통을 느꼈다. 그래도 혹시나 하는 마음으로 방드르디를 계속해서 찾아다녔다. 그러나 그가 발견한 것은 가슴을 도려내는 듯한 방드르디의 자잘한 물건들, 범선의 선원들이 망가뜨린 아이올로스 하프와 연과 같은 것들뿐이었다. 그 순간 그는 발밑에서 무언가 단단한 것을 느꼈다. 그것은 곰팡이가 잔뜩 핀, 텐의 목걸이였다. 로빈슨은 유칼리나무의 둥치에 머리를 기대고 하염없이 울었다.

다시 머리를 들었을 때 그는 몇 미터 떨어진 곳에서 빨갛고 잔인한, 작은 눈으로 자신을 관찰하고 있는 한 떼의 독수리들과 눈이 마주쳤다. 로빈슨은 죽고 싶었고, 독수리들도 그런 그의 마음을 알아차린 것 같았다. 그러나 그는 썩은 고기를 먹는 이 못된 놈들에게 자신의 몸을 갈가리 찢기고 싶지는 않았다. 그는 자신이 그토록 행복한 시간을 보냈던 동굴의 깊숙한 곳을 떠올렸다. 틀림없이 동굴 입구는 폭발로 막혀 있을 것이었다. 그러나 그는 자신이 너무도 작고 약하고 초라하게 느껴져서 큰 바위들 사이의 어딘가로 들어가는 통로를 찾을 수 있을 것이라고 확신했다. 그는 부드럽고 따뜻한 동굴의 깊숙한 구멍 속으로 내려가서 머리를 두 무릎에 대고 두 다리를 서로 엇갈리게 한 다음 웅크리고 앉을 것이다. 그리고 모든 일을 잊고 독수리와 다른 동물들을 피해서 영원히 잠들 것이다.

그렇게 결심한 그는 동굴이 있던 자리에 아무렇게나 쌓인 바위 더미 쪽으로 종종걸음을 쳤다. 한참을 찾은 후에 과연 그는 고양이가 다니는 구멍만 한 작은 통로 하나를 발견했다. 그는 슬픔으로 자신이 너무 오그라들어 그곳으로 미끄러져 들어갈 수 있을 것이라고 확신했다. 그는 통로가 동굴의 깊숙한 곳과 잘 이어져 있는지 알아보기 위해 머리를 안으로 들이밀었다. 바로 그 순간, 동굴 안쪽에서 뭔가가 움직이는 소리가 들렸다. 돌 한 덩어리가 굴렀고, 로빈슨은 뒤로 물러섰다. 몸뚱이 하나가 좁은 통로를 막고 있었다. 그것은 약간 몸을 꿈틀거리더니 빠져나왔다. 일어나서 로빈슨 앞에 서 있는 것은 어떤 소년이었다. 햇빛을 가리기 위해서인지 아니면 따귀를 맞지 않을까 두려워서인지 그는 오른쪽 팔로 이마를 가리고 있었다. 로빈슨은 뜻밖의 일에 크게 놀랐다.

"넌 누구니? 거기서 뭘 하고 있는 거야?" 하고 그에게 물었다.

"저는 '화이트버드호'의 소년 견습 선원이에요. 저는 불행하기만 했던 그 배에서 도망치고 싶었어요. 어제 제가 고급 선원들의 식당에서 시중을 들고 있을 때 당신은 친절한 눈길로 저를 바라보았어요. 저는 당신이 이곳을 떠나지 않는다는 소리를 들었어요. 그래서 섬에 숨어 있다가 당신과 함께 남기로 결심했어요" 하고 아이가 대답했다.

"그럼 방드르디는? 넌 방드르디를 보았니?" 하고 로빈슨이 거듭하여 다시 물었다.

"예. 어젯밤에 저는 갑판으로 몰래 올라가서 해변까지 헤엄치기 위해 바닷물로 뛰어들 참이었어요. 그때 어떤 남자가 카누를 타고 배로 접근하는 것이 보였어요. 당신의 하인인 혼혈아였어요. 그는 하얀 새끼 염소를 안고 갑판으로 올라왔어요. 그리고 부선장의 방으로 들어갔어요. 부선장은 그를 기다리고 있었던 것 같아요. 저는 그가 배에 남을 생각이라는 걸 알았어요. 그래서 그가 타고 온 카누까지 헤엄을 쳐서 그 위에 올라탔지요. 그리고 해변까지 노를 저어 왔어요."

"아. 그래서 배 두 척이 저기 있는 거구나!" 하고 로빈슨이 소리쳤다.

"저는 섬에 도착하자마자 바위들 틈에 숨었어요."

그는 계속 말을 이었다.

"이제 '화이트버드호'는 저를 남겨두고 떠나버렸어요. 전 당신과 함께 살겠어요."

"나하고 같이 가자." 로빈슨이 그에게 말했다.

그는 소년 선원의 손을 잡고, 바위들을 돌아서 아무렇게나 쌓여 있는 바위 봉우리 꼭대기로 오르기 시작했다. 그는 길 중턱에서 걸음을 멈추고 새로운 친구를 바라보았다. 주근깨가 가득한, 수척한 소년의 얼굴에 희미한 미소가 번졌다. 그는 꼭 쥔 소년의 손을 펴고 가만히 바라보았다. 소년의 손은 가냘프고 연약했으며 배에서의 거친 노동으로 여기저기 갈라져 있었다.

바위 봉우리 꼭대기에서는 여전히 안개에 덮인 섬 전체가 한눈에 바라다보였다. 해변에는 보트와 카누가 밀려오는 파도에 닿아서 흔들리기 시작했다. 멀리 북쪽 바다에는 하얀

점 하나가 수평선을 향해 달려가고 있었다. '화이트버드호'였다.

로빈슨은 그 방향으로 팔을 들어 보였다.

"잘 보렴. 넌 이제 다시 저 배를 보지 못할 거야. 스페란차 앞바다를 떠가는 배를 말이야."

그 점은 점점 작아졌다. 그리고 마침내 사라져버렸다. 바로 그때 태양이 떠올랐다. 매미 한 마리가 울어댔다. 갈매기 한 마리가 물 위로 갑자기 내려가더니 부리에 작은 생선을 물고선 크게 날갯짓을 하면서 다시 떠올랐다. 꽃들도 연달아 꽃받침을 열었다.

로빈슨은 새로운 활기와 기쁨이 몸속으로 들어와 그에게 다시 원기를 불어넣는 것을 느꼈다. 방드르디는 그에게 야생의 삶을 가르쳐주고 떠났다. 그러나 로빈슨은 혼자가 아니었다. 그에게는 이제 자신처럼 붉은 머리털이 햇빛에 빛을 발하는 어린 형제가 있다. 그들은 이제 새로운 놀이, 새로운 모험, 새로운 승리를 만들어낼 것이다. 이전과는 완전히 다른 삶이 시작될 것이다. 그것은 그들의 발밑에서 안개가 피어나는 섬처럼 아름다울 것이다.

"네 이름이 뭐지?" 로빈슨이 소년 선원에게 물었다.

"야안 넬랴패예프예요. 에스토니아에서 태어났어요" 하고 소년은 자신의 길고 어려운 이름에 대하여 변명이라도 하듯 덧붙였다.

  "이제부터 네 이름은 '디망슈'*란다. 축제와 웃음과 놀이의 날이지. 그리고 나에게 너는 언제나 일요일의 아이일 거다." 로빈슨이 그에게 말했다.

* 디망슈: 여기의 프랑스어 이름 '디망슈Dimanche'는 일요일이라는 뜻이다.

로빈슨 신화를 찾아서:
무인도와 난파자에 관한 이야기

박아르마*

1. 미셸 투르니에의 작품 세계

무인도와 난파자에 관한 이야기와 소설은 서구 문학에서 빈번하게 만들어지고 있다. 영국 작가 윌리엄 골딩은 『파리대왕』에서, 남아공 작가 존 쿳시는 『포』에서, 프랑스 작가 미셸 투르니에는 『방드르디, 야생의 삶』에서 무인도에서 살아남은 사람들의 이야기를 다루었다. 세 작가들 중 앞의 두 사람은 이미 노벨문학상을 받았고 다른 한 사람은 그 후보로 자주 언급되는 것을 보면 무인도와 난파자를 다룬 이야기가 많은 독자들의 공감을 얻고 있음을 알 수 있다.

* 서울대학교 대학원 불문학과에서 미셸 투르니에 연구로 불문학 박사학위를 받았다. 지금은 건양대학교에 재직하면서 글쓰기와 토론 강의를 하고 있다.

미셸 투르니에는 1924년 12월 19일 파리에서 태어났으며, 현재까지도 작품 활동을 계속하고 있는 작가이다. 투르니에는 독일어 교사인 부모의 영향으로 독일 문학, 철학과 친숙한 환경 속에서 성장하였고, 작가로서 본격적으로 활동하기 전에는 독일 문학작품을 프랑스어로 옮기는 번역가로 일했다. 그는 특히 독일 철학에 매료되어 독일의 튀빙겐 대학에서 공부를 한 다음 철학교수자격시험을 준비하였으나 실패 후 소설가가 되기로 결심한다. 그의 작가로서의 목표는 분명하다. 즉 "철학의 개념을 소설 형식으로 쓴다"는 것이다. 작가로서 작품 활동을 하면서 그가 받은 철학의 영향은 명확하며 그의 여러 작품을 통해서도 분명하게 나타난다. 예를 들어 그는 프랑스의 인류학자 레비-스트로스에게서는 서구의 인종주의와 문화적·인종적 편견에 대한 비판적 시각을 배웠다. 철학자 장-폴 사르트르에게서는 타자와 고독의 문제를, 철학자 바슐라르에게서는 고대의 4원소와 물질적 상상력에 관한 개념들을 알게 되었다.

투르니에 작품 세계의 가장 두드러진 특징은 '전통적인 글쓰기'와 '누구나 다 아는 이야기'를 통해 새로운 이야기를 만들어내는 데 있다. 그는 스스로 고백하기를 자신은 철학이라는 이질적인 영역에서 출발한 작가이기 때문에 문학의 형식적 개혁을 시도하거나 새로운 이야기를 만들어내기보다는 전통적이고 익숙한 이야기 속에 철학이라는 이질적인 재료를 옮겨놓는 것을 문학적 목표로 삼는다고 했다. 투르니에 작품 세계를 특징짓는 또 다른 중요한 축은 신화이다. 신화는 이미 세상에 알려져 있는 이야기이고 모든 이야기와 상상력의 원형이기 때문에 그의 소설에서 중요한 출발점이 되고 있다. 투르니에가 작품 속에서 신화를 빈번하게 다루는 또 다른 이유는 신화가 지니고 있는 보편성과 단순성 때문이기도 하다. 즉 그는 자신이 쓴 많은 소설들을 청소년이나 어린아이들을 위한 이야기로 다시 쓸 정도로, 하나의 주제를 통해 다양한 이야기를 만들어내고 여러 독자와 만나기를 원한다. 이런 관점에서 볼 때 신화는 어린아이부터 철학자에 이르기까지 다양한 수준의 독서를 가능하게 만드는 근원적인 이야기로서의 장점이 있는 것이다. 또한 그는 이야기가 되었든 신화가 되었든 그 의미가 고정되고 더 이상 새로운 의미를 만들어내지 못한다면, 그것은 죽은 이야기와 죽은 신화라고 생각했다. 따라서 그는 '로빈슨 크루소'와 같은 우리에게 친숙한 신화를 찾아내어, 우리가 살아가는 이 시대에 그 신화가 지니고 있는 의미는 무엇이고, 전 시대와는 다른 어떤 의미를 찾아내야 하는지 묻고 있다. 작가는 사람들이 더 이상 그 의미를 묻지 않는 과거의 신화를 찾아내어 그것을 현재라는 시간 속에서도 유용하고 가치 있는 이야기로 만들어내는 사람이기도 하기 때문이다.

2. 로빈슨 신화의 시작과
『방드르디, 야생의 삶』의 탄생

그렇다면 로빈슨 신화는 무엇이고 그것은 어떤 역사적 과정을 통해 만들어졌는지 알아보기로 하자. 먼저 로빈슨 신화의 근원을 거슬러 올라가 보면 우리는 실제 무인도 체험담과 만나게 된다. 1704년 10월 스코틀랜드 출신 선원 알렉산더 셀커크는 태평양의 후안페르난데스 제도의 마사 티에라 섬에서 홀로 살게 된다. 그는 무인도에서 1709년 1월 31일까지 4년이 넘는 기간을 살다가 고향으로 돌아간다. 셀커크의 모험담은 주변 사람들은 물론 영국 작가 대니얼 디포에게까지 큰 호기심을 불러일으켜, 디포는 그의 이야기를 『로빈슨 크루소』라는 소설로 쓰게 된다. 디포의 소설에서는 스코틀랜드 선원이 영국인 선원으로, 섬 체류 기간이 4년에서 28년으로, 섬의 위치가 태평양에서 대서양의 카리브 해로 바뀐다. 특히 로빈슨 크루소와 프라이데이(방드르디)의 만남을 만들어낸 것은 디포 소설의 가장 큰 특징이라고 할 수 있다. 이와 같이 대니얼 디포는 셀커크의 모험담을 허구적 소설로 다시 써서 당대는 물론 오늘날까지 전 세계 독자들의 사랑을 받고 있으며, 난파자와 외딴섬을 다룬 그의 소설 『로빈슨 크루소』는 수많은 아류작 혹은 '로빈슨류 소설'을 통해 다시 태어나고 있다.

대표적인 '로빈슨류 소설'에는 영국 작가 윌리엄 골딩의 『파리대왕』, 남아공 작가 존 쿳시의 『포』, 프랑스 작가 쥘 베른의 『2년 동안의 휴가』(『15소년 표류기』) 등이 있다. 『파리대왕』에서는 영국 소년들이 비행기로 이동하던 중 태평양의 어느 섬에 표류하여 이성과 야만을 대표하는 두 집단으로 나뉘어 대립하는 이야기가 다루어진다. 『포』에서는 로빈슨과 프라이데이 이외에 또 다른 표류자 수전이라는 여성이 등장하고 무기력한 로빈슨 크루소의 모습이 그려진다. 『2년 동안의 휴가』에서는 기숙사 학교 소년들의 외딴섬 표류와 모험담, 고국으로의 귀환 과정이 상세하게 이야기된다. 톰 행크스 주연의 영화 「캐스트 어웨이」(로버트 저메키스 감독)도 현대판 로빈슨 크루소 이야기와 다르지 않다. 이와 같이 로빈슨 크루소 이야기가 시대와 지역을 넘어 지속적으로 만들어질 수 있었던 이유는 인간의 근원적인 고독의 문제를 다루고 있기 때문이기도 하다. '로빈슨 신화'의 진정한 기원은 현실의 사건이나 모험담이 아닌, 인간의 고립과 고독에 대한 우리 모두의 질문에서부터 시작된다.

대니얼 디포 이후의 수많은 로빈슨 크루소 이야기들 가운데 주제 면에서 가장 큰 혁신과 변화를 만들어낸 작품은 물론 프랑스 작가 미셸 투르니에의 『방드르디, 야생의 삶』이다. 투르니에의 『방드르디, 야생의 삶』은 대니얼 디포의 『로빈슨 크루소』와 이야기의 전개나 내용 측면에서 가장 닮은 작품이면서도 주제나 세부적인 에피소드 측면에서 보면 가장 다른 이야기이기도 하다.

3. 같으면서도 다른 이야기 『방드르디, 야생의 삶』

『방드르디, 야생의 삶』의 전개 과정을 둘로 나눈다면 '방드르디 이전의 세계'와 '방드르디 이후의 세계'로 구분할 수 있다. 방드르디와 만나기 전까지 로빈슨 크루소의 삶은 타인이 부재한 절대 고독 속에 있었다. 그가 섬을 벗어나기 위한 배인 '탈출호'를 해변에서 멀리 떨어진 곳에 만들어 바다에 띄우지 못한 이유도 타인과 생각을 주고받지 못한 환경 속에서 판단력을 상실했기 때문이다. 그가 난파선에서 살아남은 개 '텐'의 눈을 바라보며 미소 짓는 법을 배우려는 것도 타인과의 교감을 통해 온전한 사고 능력을 잃어버리지 않으려는 노력들 중 하나이다. 『로빈슨 크루소』에서 로빈슨이 앵무새와 이야기를 주고받고, 「캐스트 어웨이」에서 주인 공이 배구공 '윌슨'과 대화를 나누듯이 말이다. 로빈슨 크루소는 아무도 살지 않는 섬에서 법을 만들고 시간을 기록하여 규칙적인 삶을 살려는 노력도 보여준다. 하지만 그가 타인을 대치할 수 있는 대상을 찾는 것이 헛된 노력이듯이, 법을 적용할 사람이 없고 해가 뜨고 지는 자연의 시간 말고는 시간 구분이 필요 없는 외딴섬에서 문명 세계에서와 같은 시간에 따라 생활하는 것은 모두 무의미한 행동이다. 로빈슨 크루소는 원시 자연 속에 발을 딛고 살아가고 있으면서도 정신적으로는 자신이 떠나온 문명 세계와 이어진 끈을 놓지 못하고, 여전히 그곳의 시간과 기억에서 벗어나지 못하고 있는 것이다.

방드르디 이후의 세계에서 가장 큰 변화는 타인이 부재한 가운데 이루어진 로빈슨의 불완전한 통치와 고독의 문제를 일시에 해결해줄 수 있는 타인이 생겼다는 것이다. 하지만 그는 방드르디를 동료가 아닌 노예이자 지배의 대상으로 생각한다. 사실 금요일이라는 뜻의 방드르디는 사람에게 붙일 수 있는 이름이라기보다 '텐'이나 '해피'와 마찬가지로 무의미한 이름이다. 로빈슨은 자기 뜻대로 움직여줄 방드르디가 섬에 도착함으로써 섬을 지배하고 완전한 통치자가 될 수 있기를 기대했지만, 그의 의도는 완전히 실패로 끝난다.

그 이유는 우선 방드르디의 어린 나이와 순진성 때문이다. 방드르디는 로빈슨의 말에 복종하는 것처럼 보이다가도 그가 이해할 수 없는 행동을 하거나 엄숙함을 요구하는 상황에서 웃어버림으로써 그의 지배와 권위를 우스꽝스러운 것으로 만들어버린다. 문명인 로빈슨으로서는 방드르디가 동물들과 이상할 정도로 친밀감을 보이는 것과 아무 일도 하지 않고 시간을 흘려보내는 것을 이해할 수 없다.

섬의 통치와 그 정당성이 의심받던 순간에 일어난 사건이 동굴의 폭발이다. 미셸 투르니에는 '동굴의 폭발'이라는 에피소드를 만들어냄으로써 이전의 『로빈슨 크루소』 이야기와는 완전히 작별하고 있다. 즉 동굴의 폭발은 섬에 남아 있던 문명의 흔적을 완전히 날려버리고, 로빈슨과 방드르디의 관계마저 변화시킨 결정적인 사건이기 때문이다. 사실 문명인이 문명과 고립된 오지에서 원주민보다 잘할 수 있는 일은 거의 없을 것이다. 사냥을 하거나 농사를 짓는 일, 병의 치료에 필요한 약초를 찾는 일 모두에서 그러하다. 따라서 로빈슨 크루소가 주인으로서 방드르디에게 섬 생활과 관련된 모든 일을 가르친 것은, 문명인은 원주민보다 우월하다는 잘못된 편견에서 나온 결과이다. 이제 동굴이 폭발하고 로빈슨과 방드르디는 완전한 원시 자연 속에 놓이게 되었다. 이 세계에서 로빈슨은 방드르디보다 더 이상 우월하지 않다. 로빈슨이 섬에 인위적으로 만들어놓은 문명 세계의 시간은 자연의 시간으로 돌아갔으며, 계획된 노동과 일은 놀이와 유희로 바뀌었다. 일에는 의무가 뒤따르고 놀이를 하는 데는 자발성만 있으면 된다. 로빈슨은 방드르디가 더 이상 지배와 복종의 대상이 아니라는 것을 깨닫기 시작한다. 로빈슨은 방드르디를 지배하고 있다고 믿으면서도 사실은 그것이 불가능하고 자신에게도 큰 부담이 된다는 것을 알고 있었을지도 모른다. 왜냐하면 인간관계는 지배와 복종의 관계가 아닌 수평적인 동등한 관계일 때 진정한 소통과 이해가 가능하기 때문이다.

이제 로빈슨과 방드르디의 관계는 동료관계를 넘어 서로의 역할이 뒤바뀌기도 하며, 때로는 방드르디가 로빈슨의 스승이 되기도 한다. 방드르디는 숫염소 앙도아르를 잡아 머리는 하프로 만들고, 가죽은 연으로 만들어 하늘에 날린다. 수염이 달린 앙도아르는 로빈슨이 지배자로서 섬을 통치하던 시절, 권위의 상징으로 수염을 기르고 있던 그의 모습이기도 하다. 하프와 연으로 다시 태어난 앙도아르는 평등한 관계 속에서 원시 자연을 살아가게 될 로빈슨이기도 하다. 하프가 공기의 진동으로 소리가 나고, 연이 바람의 힘으로 날아오르듯이 로빈슨은 자신을 억압하던 대지의 중력을 떨쳐버리고 바람의 세계에서 자유로움을 얻게 될 것이다.

4. 남는 문제

로빈슨은 방드르디와 새롭게 만들어진 동료관계 속에서, 통치와 개발의 대상이 아닌 더불어 살아가야 할 섬에서 희망에 부풀어 있었다. 그때 외부 세계의 침입자 '화이트버드호'가 섬에 도착한다. 섬에서의 탈출에 골몰해 있던 시절의 로빈슨이라면 '화이트버드호'가 구원자였겠지만, 새롭게 태어난 로빈슨과 섬에 이 배의 출현은 그가 어렵게 이룬 성과를 일시에 붕괴시킬지도 모르는 파괴자가 될 수 있을 것이다. 우려는 현실이 되었다. 방드르디는 '화이트버드호'를 타고 문명 세계로 떠나고 로빈슨은 혼자 섬에 남게 된다. 방드르디는 문명 세계의 신기루에 매료되어 새로운 세계로 떠났지만, 로빈슨이 우려하듯이 그는 그곳에서 노예가 될지도 모른다. 문명 세계로의 회귀를 거부한 로빈슨의 섬 체류와 문명의 이기에 매료되어 그 세계로 떠난 자연인 방드르디에게서 오늘의 우리는 개발과 환경, 개발도상국과 선진국 사이의 문제를 읽게 된다. 로빈슨의 후손들이 오늘날의 유럽인들이라면, 그들은 산업혁명과 전쟁, 과학기술의 발전 등이 자신들의 삶을 어떻게 피폐하게 만들었는지 깨닫고 자연에 동화되어 사는 삶, 친환경적인 삶을 실천하며 살아가려 한다. 반면 방드르디의 후손들일 수도 있는 개발도상국이나 저개발 국가의 주민들은 과거에는 자연과 동화되어 사는 삶을 살았다면, 이제는 '먹고사는 문제'를 해결하기 위해 개발과 환경 파괴에 내몰리고 있다. 미셸 투르니에 역시 섬에 남기로 한 로빈슨 크루소와 문명 세계로 떠난 방드르디의 서로 다른 선택을 통해 오늘의 현실 속에서 우리는 과연 어떤 선택을 할 수 있는지 묻고 있다.

방드르디의 삶과 관련하여 투르니에를 당황하게 만든 사건이 하나 있다. 투르니에는 아프리카 어린이 독자들과의 대화 중에, '방드르디는 늘 빈둥거리며 놀고먹고 자는 일밖에 하지 않고 로빈슨은 늘 부지런하게 일을 하는 것으로 소설에 나와 있는데 그것은 인종차별적인 시각이다'라는 지적을 받은 것이다. 자연에 동화되어 의무에 구속받지 않고 사는 방드르디의 자유로운 삶을 보여준 것에 대해 독자들의 좋은 평가를 내심 기대했던 투르니에로서는 당황할 수밖에 없었다. 자연 속에서 깨달음을 얻은 문명인 로빈슨의 시각으로 보는 방드르디의 삶과 방드르디 자신이 느끼는 자연과 문명에 대한 생각은 다를 수 있다는 말이다. 이렇게 본다면 『방드르디, 야생의 삶』은 문명과 자연, 인간의 고립과 고독이라는 문제에 대해 해답을 주기보다는 독자들에게 수많은 질문을 제기하는 소설이다.

과거의 로빈슨 크루소들이 섬을 개발(파괴)하고 문명화하는 것을 섬에서 살아남기 위한 방편으로 삼았다면, 『방드르디, 야생의 삶』의 주인공은 섬을 변화시키는 대신 자기 자신이 변하기를 선택했다. 미셸 투르니에는 소설 속에 '동굴의 폭발'이라는 사건을 집어넣음으로써 완전한 무無의 상태로, 원시 자연으로 돌아간 문명인 로빈슨 크루소가 살아가게 될 삶의 모습들을 보여주었다. 그밖에도 투르니에의 소설은 우리에게 다양한 질문을 던지고 있다. '로빈슨이 섬에서 얻은 깨달음은 현실의 삶에서도 실천이 가능한가?' '만일 가능하다면 오늘을 살아가는 우리에게 어떻게 적용될 수 있을까?' '무인도에서의 고립이 거의 불가능하게 된 오늘날 로빈슨 신화는 우리에게 어떤 의미를 지니고 있는가?' '오늘날 로빈슨 신화는 다시 만들어질 수 있을까?' '그것이 가능하다면, 오늘날에는 어떤 로빈슨 신화가 만들어질 수 있을까?' 이러한 질문에 대해 생각하고 저마다의 대답을 고민해보는 것이 『방드르디, 야생의 삶』을 더욱 흥미롭게 읽는 방법이 될 것이다.